Tucholsky Wagner Zola Scott Sydow Fonatne Freud Schlegel
Turgenev Wallace
Twain Walther von der Vogelweide Fouqué Friedrich II. von Preußen
Weber Freiligrath
Kant Ernst Frey
Fechner Weiße Rose von Fallersleben Richthofen Frommel
Fichte
Engels Fielding Hölderlin
Fehrs Eichendorff Tacitus Dumas
Faber Flaubert Eliasberg Ebner Eschenbach
Maximilian I. von Habsburg Fock Zweig
Feuerbach Eliot Vergil
Ewald London
Goethe Elisabeth von Österreich
Mendelssohn Balzac Shakespeare Dostojewski Ganghofer
Trackl Lichtenberg Rathenau Doyle Gjellerup
Stevenson Hambruch
Mommsen Tolstoi Lenz Droste-Hülshoff
Thoma Hanrieder
von Arnim Hägele Hauff Humboldt
Dach Verne
Reuter Rousseau Hagen Hauptmann Gautier
Karrillon
Garschin Baudelaire
Damaschke Defoe Hebbel
Descartes Hegel Kussmaul Herder
Wolfram von Eschenbach Dickens Schopenhauer
Darwin Melville Grimm Jerome Rilke George
Bronner Bebel Proust
Campe Horváth Aristoteles Federer
Bismarck Vigny Barlach Voltaire Herodot
Gengenbach Heine
Storm Casanova Tersteegen Grillparzer Georgy
Chamberlain Lessing Langbein Gilm Gryphius
Brentano Lafontaine
Strachwitz Claudius Schiller Kralik Iffland Sokrates
Katharina II. von Rußland Bellamy Schilling
Gerstäcker Raabe Gibbon Tschechow
Löns Hesse Hoffmann Gogol Wilde Vulpius
Luther Heym Hofmannsthal Gleim
Roth Klee Hölty Morgenstern Goedicke
Heyse Klopstock Kleist
Luxemburg Puschkin Homer Mörike
La Roche Horaz Musil
Machiavelli Kierkegaard Kraft Kraus
Navarra Aurel Musset Moltke
Lamprecht Kind Kirchhoff Hugo
Nestroy Marie de France
Laotse Ipsen Liebknecht
Nietzsche Nansen Ringelnatz
Marx Lassalle Gorki Klett Leibniz
von Ossietzky May Irving
vom Stein Lawrence
Petalozzi Knigge
Platon Kafka
Sachs Pückler Michelangelo Kock
Poe Liebermann
de Sade Praetorius Mistral Zetkin Korolenko

tredition und das Projekt Gutenberg-DE

Mehr als 5.500 Romane, Erzählungen, Novellen, Dramen, Gedichte und Sachbücher in deutscher Sprache von über 1.200 Autoren – das Projekt Gutenberg-DE ermöglicht den Zugang zu klassischer Literatur aus zweieinhalb Jahrtausenden in digitaler Form. Der Großteil der Titel ist seit Jahren vergriffen und nicht mehr im Buchhandel oder Antiquariaten erhältlich.

tredition hat sich die Aufgabe gestellt, die Buchtitel des Projekt Gutenberg-DE wieder als gedruckte Bücher zu günstigen Ladenpreisen zu verlegen. Mehr als 2.000 Titel sind bereits wieder erschienen und überall im Buchhandel erhältlich. Die Stärke von tredition nutzen auch viele Autoren, die selbständig ein Buch veröffentlichen möchten. Mehr dazu unter **www.tredition.de.**

Eine Übersicht aller verfügbaren Titel senden wir gern auf Anfrage zu (www.tredition.de/kontakt) oder stöbern Sie online unter **http://www.tredition.de/projekt-gutenberg.**

Hans Dampf in allen Gassen

Erzählung

Heinrich Zschokke

Impressum

Autor: Heinrich Zschokke
Umschlagkonzept: Buchgut, Berlin

Verlag: tredition GmbH, Mittelweg 177, 20148 Hamburg
ISBN: 978-3-8424-1338-2
Printed in Germany

http://www.tredition.de/projekt-gutenberg
http://projekt.gutenberg.de

Copyright/Nutzung der Werke
Alle Bücher im Projekt Gutenberg-DE sind nach unserem besten
Wissen frei von Urheberrecht.

Dieses Buch entstand durch eine Kooperation von tredition und
Projekt Gutenberg-DE.

Ziel der Kooperation von tredition und dem Projekt Gutenberg-DE
ist es, deutschsprachige Literatur wieder in Buchform verfügbar zu
machen. Die Wiederveröffentlichung einer bestimmten historischen
Ausgabe kann nicht gewährleistet werden. Da die Werke des
Projekt Gutenberg-DE eingescannt und digitalisiert werden, können
etwaige Fehler nicht komplett ausgeschlossen werden. Das Projekt
Gutenberg-DE tut jedoch sein Bestes, um die Werke bestmöglich zu
bearbeiten. Sollten Sie trotzdem einen Fehler finden, bitten wir
diesen zu entschuldigen. Die Rechtschreibung der Originalausgabe
wurde unverändert übernommen. Daher können sich hinsichtlich
der Schreibweise Widersprüche zu der heutigen Rechtschreibung
ergeben.

Hans Dampf

Die Rückkehr des berühmten Hans Dampf von der hohen Schule des Auslandes in seine Vaterstadt wird mit Recht als ein Hauptabschnitt in der Geschichte des Lalenburgischen Freistaates und, wenn man will, der gesamten europäischen Welt betrachtet. Wenigstens hielt jeder Lalenburger die Angelegenheiten seines Städtchens für wichtig genug, die Aufmerksamkeit der entferntesten wie der nächsten Völker zu fesseln; und keiner zweifelte einen Augenblick daran, daß die leiseste Schmälerung der alten Rechtsame von Lalenburg oder von Lalenburgischen Patriziern das heilige Gleichgewicht der europäischen Staaten zerrissen und die Welt vom Ural bis zum Tajo in Feuer und Flammen setzen müsse. Es ist immer gut, wenn die Bürger eines auch noch so kleinen Freistaates groß von sich selber denken. Um so seltener werden sie kleinlich handeln. Denn großer Rat und kleine Tat mahnt nur an Don-Quixoterie und Gasconade. Auch liegt ja die wahre Größe eines Staates nicht im Umfang seiner Besitzungen, sondern in der Kraft und im lebendigen Geist seiner Bewohner oder zuletzt derer, die den Stab der Herrschaft führen. Völker sind an sich nichts als Nullen; nur die Obrigkeit die Zahl, welche voran steht und jenen erst Bedeutung gibt.

Hans Dampf war der Sohn des verstorbenen Bürgermeisters Peter Dampf, eines der größten Staatsmänner seines Jahrhunderts. Peters hoher, menschenfreundlicher Geist hatte niemals die Ruhe von Europa unterbrochen. An Einsichten übertraf er alle Zeitgenossen, in Urteilen war er unfehlbar, in Entscheidungen vollkommen gerecht, in witzigen Einfällen kam ihm niemand gleich. Und dies alles aus dem einfachen Grunde, weil er die erste Magistratsperson im Staate war. Nicht was er wirklich getan hat, sondern was er noch alles hätte tun können, müßte, sollte es beschrieben werden, ganze Folianten füllen und ihn, wo nicht über, doch neben den herrlichsten Fürsten in der Weltgeschichte setzen. Er starb zu früh für Lalenburgs Glück; nur die Tugenden seines Nachfolgers, Herrn Bürgermeisters Tobias Krach, konnten den gerechten, doch verschwiegenen Schmerz des Staats um den Verlust des großen Peter Dampf mildern.

Der junge Hans Dampf hatte sich auf den Schulen des Auslandes gebildet, um als Patrizier einst den ihm gebührenden Rang mit Würden einnehmen zu können. In Lalenburg selbst war zwar eine gute Schulanstalt, jedoch diese nur für die Bedürfnisse der geringeren Bürgerklasse und der ärmeren Patrizierfamilien berechnet. Denn die Lalenburgischen Großen hatten schon längst begriffen, was spät erst andere Staatsmänner zum Grundsatz ihrer Staatsklugheit machten: daß Aufklärung und Kenntnisse die tödlichsten Gifte sind, welche man einem Volke beibringen könne. Europa hat den größten Teil seiner Übel nur der Selbstdenkerei zu verdanken. Kann diese schon in Monarchien so nachteilig sein, daß der Sekretär oft mehr als sein Minister versteht und der Kapitän oder Leutnant die strategischen und taktischen Sünden seines Oberfeldherrn richtig einsieht, womit folglich das Oberste zu unterst gekehrt wird: um wie gefährlicher muß die Wirkung in Freistaaten sein! Die Herren von Lalenburg hatten daher frühzeitig schon die herrliche Einrichtung getroffen, daß jeder Volksklasse aus dem Quell der Weisheit nur eben so viel zugetröpfelt wurde, als zu Lebensnotdurft und Nahrung erforderlich war. In den paar untertänigen Dörfern der freien Republik überließ man aus angestammter landesväterlicher Milde den Bauern das Recht, eine Schule zu haben oder nicht und den Schulmeister zu besolden oder nicht. Natürlich fanden die Landleute mit ihrem gesunden Menschenverstande die ewig richtige Wahrheit von selbst: daß ein Bauer zum Pfluge keiner Gelehrsamkeit bedürfe. Sie erwuchsen demnach in Gottesfurcht und frommer Einfalt so gut wie andere und wurden dabei dick und fett zu jedermanns Verwunderung. Überhaupt tat sich, und mit Recht, die Regierung von Lalenburg auf den blühenden Wohlstand ihres Volkes viel zugut. Sie betrachtete das Volk wie eine ihr anvertraute Herde, die gemästet werden sollte, je fetter der Mann, je ansehnlicher er war. In der Stadt beobachtete man das gleiche Verhältnis. Und so kam, wie von selbst, zu Lalenburg wieder eine der preiswürdigsten Staatsordnungen in Flor, die nur in China, Indien, Egypten und den berühmtesten Ländern des Orients gekannt worden ist. Nämlich der Sohn des Bauers ward wieder Bauer und konnte in Ewigkeit nichts anderes werden; des Handwerkers Kind ward wieder Handwerker, des Predigers Sohn Prediger, des Kaufmanns Sohn Kaufmann, des Ratsherrn Sohn Ratsherr. Wer anders dachte, hieß ein unruhiger Kopf, ein Demagog, oder was man nachmals

Metaphysiker, Jakobiner und dergleichen hieß. Diesen Geistesfrieden sicherer zu behaupten und alle Neuerungen zu verbannen, hatte man die vortrefflichsten Zensuranstalten eingerichtet, welche den Lalenburgern erst spät nachher in anderen Ländern nachgeahmt wurden. Schriften und Bücher von sogenannten unruhigen Köpfen wurden mit gehöriger Vorsicht verboten; nur Gesang- und Gebetbücher aus Katechismen zu drucken erlaubt. Die Lalenburger Zeitung enthielt nur ausländische Artikel; von Stadt und Republik Lalenburg durfte kein Wörtchen in der Welt ruchbar werden, damit nicht etwa ein wichtiges Staatsgeheimnis verraten werde. Nur bei Ratswahlen und wo etwas Löbliches ohne Gefahr von der Stadt gepriesen werden konnte, stieß die Lalenburgische Fama ins Horn, und billig ward das Rühmliche gepriesen, anderen Staaten zum Muster, oder künftigen Geschichtschreibern reichhaltigen Stoff zu geben. Dies erweckte dann unter den jungen Patriziern eine edle Nacheiferungssucht.

Auch Hans Dampf war von derselben entflammt. Aber schon die Natur hatte für diesen liebenswürdigen Jüngling viel getan. Er schien zu großen Dingen geboren. Billig setzen wir an die Spitze seiner Vorzüge das seltene Verdienst, daß er nicht nur reich war, sondern auch reiche Vettern und Basen zu beerben hatte. Schon das stille Bewußtsein, Geld zu haben und zur Herrschaft geboren zu sein, erhebt über den großen Haufen; macht klug, gelehrt, verständig, rechtschaffen, geistvoll und liebenswürdig. Ohnehin von angenehmer Gestalt, sah man es ihm an, wohin er auch kommen mochte, daß er um seines Selbsts willen geschaffen sei; in seinen Worten, in seiner Haltung, in seinen Bewegungen herrschte eine gefällige Leichtigkeit, ein ungezwungenes Leben, welches man bei jedem anderen, der von geringerem Herkommen gewesen wäre, Ungezogenheit oder Dummdreistigkeit genannt haben würde. Er wußte mit edler Freimütigkeit über alles zu sprechen, was er verstand und nicht verstand; war kenntnisvoll ohne Schulfüchserei, denn er hatte seine Kenntnisse aus Romanen, Journalen und gelehrten Zeitungen geschöpft, die ihm das Lesen pedantischer Bücher ersparten und doch deren Fünftelsaft mitteilten. Zu sogenannter Gründlichkeit des Wissens fehlten ihm ohnehin Laune und Beruf. Er war rastlos tätig, man möchte sagen, ein quecksilberner Mensch; mischte sich in alles, wollte alles wissen, alles sagen, alles tun, — genug, er hatte jene

Eigenschaften in vollem Maße, die an geringern Personen zwar für Naseweisheit gelten, aber in Lalenburg nicht ohne die wichtigsten Wirkungen bleiben konnten und als Universalgenialität bei großen Staatsmännern geachtet werden müssen.

In allen Gassen

Auf der hohen Schule hatte ihm dieselbe Lebhaftigkeit seines
Geistes manche kleine Unannehmlichkeit verursacht und von rohen
Menschen zuweilen sogar Schläge. Doch nur gemeine Seelen lassen
sich von irdischen Unfällen schrecken. Er blieb sich gleich. Erhaben
über jeden Sturm des Schicksals und über die Schmerzen seines
Rückens verfolgte er die erwählte Laufbahn, welche ihm unter seinen Mitschülern den etwas dunkeln und seltsamen Namen eines
Stänkers erwarb, der aber auf dem Thron eines Weltbeherrschers
mit Recht in den Beinamen des Großen verwandelt worden sein
würde. Denn bekanntlich ist nichts an sich groß oder klein, sondern
wird es erst durch Ort, Zeit und Umstände. Alexander der Große so
gut als sein schwedischer Affe Karl der Zwölfte, Karl der Große so
gut als sein korsischer Nachahmer, jeder war zu seiner Zeit ein
Hans Dampf in allen Gassen und spielte in den Leidensgeschichten
der verschiedensten Nationen seine unvergeßliche Rolle, ohne dafür
gesegnet zu werden. Eben diese rege Schmetterlingshaftigkeit des
Gemüts, dies überall sein und nirgends, dies alles in allem sein,
zeichnete den edlen Jüngling nicht minder unter seinen Mitbürgern
aus als in der Fremde. Seine Mitbürger hatten ohnedem die Ge-
wohnheit, etwas langsam zu denken und vorsichtig einherzuschrei-
ten. Das Glück war ihm hold in allem. Kein Wunder, wenn die
meisten Lalenburger ihn für eine außerordentliche Erscheinung in
der Welt- und Menschengeschichte hielten und zuletzt alle Spiele
des Zufalls für Werke seiner Kraft ansahen und Sachen auf die
Rechnung seiner Vieltätigkeit schrieben, von denen er selbst gar
nichts wußte. Sobald er in die Vaterstadt zurückgekommen war,
bemerkte man allgemein, daß er an Jahren, Verstand und Körper
zugenommen hatte. Er ragte in der Tat um eines Kopfes Länge über
die meisten Seiner Mitbürger hervor, und daher gab man ihm, zur
Unterscheidung von andern Gliedern des Dampfischen Geschlechts, den Beinamen des Großen. Daß es auch eine Größe des
Geistes geben könne, welcher solch ein Beiname gebühre, kam keinem Lalenburger in Sinn; denn ein Geist hat weder Fleisch noch
Bein. Nach einigen Jahren, da der große und souveräne Rat der
Stadt und Republik erneuert oder vielmehr nur ergänzt wurde,

gelangte er durch Recht der Geburt in die Würde derer, welche die höchste Gewalt übten, Gesetzgeber des Staates waren, und aus welchen diejenigen genommen zu werden pflegten, welchen man die höchsten Ehrenstellen erteilte. Natürlich mußte es einem jungen, aufstrebenden Jüngling kein geringes Vergnügen sein, zu den Vätern des Vaterlandes zu gehören. Diese Benennung, die höchste und ehrenvollste, welche das erhabene Rom einst seinen vortrefflichsten Regenten gab und in neueren Zeiten die Völker ihren Großen beilegten, erteilten sich die Herren Ratsherren von Lalenburg sowohl gegenseitig in feierlichen Reden, als in öffentlichen Verkündungen, selbst wenn sie etwa nur eine Fleisch- und Brottaxe bekannt machten. Bald nach dieser Standeserhöhung warf ihm das Glück noch die Würde eines Staatsbaumeisters der Republik zu. Ich sage, das Glück. Denn mit Ausnahme der Konsulwürde, welche vom geheimen Stimmenmehr in förmlicher Wahl abhing, wurden zu Lalenburg ohne Ausnahme alle übrigen Ämter durch das Los verteilt. Diese vortreffliche Einrichtung verdient mit Recht bewundert zu werden. Denn nicht nur ward dadurch allem Entstehen von Faktionen und Parteien vorgebeugt, die in Republiken durch den Ehrgeiz der Bürger gewöhnlich veranlaßt werden, sondern die Ernennung empfing damit ein geheiligteres Ansehen. Es waren nicht Menschen, es war der Himmel selbst, welcher durchs Los den Würdigsten bezeichnete. Nun geschah freilich nicht selten, daß dadurch ein Metzger Oberschulrat, ein Barbier Oberpostmeister, ein Garkoch Großschatzmeister der Republik ward. Aber dies beförderte eine Mannigfaltigkeit der Geistesbildung, welche sonst nirgends leicht gefunden wird. Auch bewährte sich immerdar das alte, sinnvolle Sprichwort: wem Gott ein Amt gibt, dem gibt er auch Verstand; ein Sprichwort, welches ursprünglich aus Lalenburg stammt, wie jedermann weiß.

Hans Dampf war daher keineswegs verlegen, als er, der in seinem Leben kaum ein Kartenhäuschen gebaut hatte, Staatsbaumeister der Republik ward. Er übernahm die Aufsicht über die zwei öffentlichen Brunnen der Hauptstadt, über die Landstraßen der Republik, auf denen man ohne besondere Mühe am hellen Tage Hals und Bein brechen konnte, und über sämtliche Staatsgebäude, wozu vornehmlich das Rathaus, die Schule und das Spritzenhaus gehörten, nebst Kirche und Pfarrwohnung.

Seine Jugend, sein Reichtum und die neuen Ehrenstellen machten ihn zu einer hochwichtigen Person im Staat. Alle Jungfrauen und Mütter von Lalenburg dachten mit stiller Erwartung an ihn, und Hans Dampf dachte natürlich auch an sie. Aber der Lalenburger Göttinnen waren so viel, daß die Wahl schwer ward, welcher er den Apfel zuwerfen sollte.

Er flatterte prüfend von Blume zu Blume umher. In allen Gassen nährte er eine kleine Liebschaft. Bald waren in Lalenburg keine Bürgerstöchter mehr, die nicht Ansprüche auf das Herz dieses Alcibiades machen zu können meinten.

Hans Dampf

Vettern und Basen, da sie seine Unentschlossenheit sahen, traten endlich zusammen, über die Wahl der künftigen Frau Staatsbaumeisterin Rat zu halten. Man erwog die zu einer Heirat unentbehrlichsten Erfordernisse der Töchter des Landes, als da sind Vermögen und Familie. Und nach langem Bedenken, Forschen und manchem beseitigten Aber und Wenn fiel die Wahl der Vettern und Basen einhellig auf Jungfrau Rosina Piphan, einzige Tochter des Herrn Seckelmeisters der Stadt und Republik, Enkelin des vor zwölf Jahren selig verstorbenen Bürgermeisters der Republik, Verwandtin der angesehensten und reichsten Häuser der Stadt und dabei selbst die reichste Erbin unter allen jetzt zu Lalenburg blühenden Schönen.

Hans Dampf bemerkte freilich mancherlei gegen die Person dieser Auserwählten; allein wahrhaft Gründliches nichts. Sie war um zehn Jahre älter als er, aber sie war die Enkelin eines Bürgermeisters. Sie trug geduldig einen etwas unförmlichen Auswuchs auf dem Rücken, aber sie hatte Geld. Sie war dazu so kleiner Gestalt, daß sie, ohne die Hand hoch über den Kopf zu strecken, nicht einmal Arm in Arm mit ihm durchs Leben wandeln könnte; aber er konnte sich ja bücken oder mit gekrümmten Knien verkleinern.

Nachdem alles zum Vorteil der kleinen holden Rosine entschied, ward die Unterhandlung sogleich bei den Eltern derselben in aller Form eingeleitet. Hans Dampf ließ es sich gern gefallen, daß man die Mühe für ihn übernahm. Diese wurde mit dem besten Glück gekrönt. Der Tag erschien, da er selbst feierlich beim Herrn Seckelmeister und der Frau Seckelmeisterin um die Hand ihrer Erbin anhalten sollte. Zu dieser wichtigen Handlung, die übrigens, der Sitte gemäß, als ein stadtkundiges Geheimnis betrieben ward, mußte der vornehmste Teil der beiderseitigen Verwandtschaft eingeladen und ein glänzendes Abendessen veranstaltet werden.

Hans Dampf konnte an dem bestimmten Tage kaum den Abend erwarten und die zum Geheimnis des Festes nötige Dunkelheit. Inzwischen freute sich die sämtliche Vettern- und Basenschaft nicht nur auf den Verlobungsschmaus, sondern auch auf die Überraschung der ganzen Stadt am folgenden Morgen, wenn das Geheimnis laut und Glückwunsch um Glückwunsch herbeiströmen würde. Der Staatsbaumeister hatte sich schon am Morgen festlich gekleidet, und es tat ihm nichts so leid, als in diesem Putz bis zur Nacht warten zu müssen. Seine Eitelkeit dachte nebenbei an manche seiner Gefälligen und Spröden in der Stadt, denen er gern in seinem Schmuck noch als der wahre Liebesgott von Lalenburg erschienen wäre.

Um wenigstens einige Bewunderung einzuernten, wanderte er aus.

In allen Gassen

Den ersten Besuch legte er beim Herrn Stadtpfarrer ab, der nebst seiner Gemahlin ihn immer mit christlicher Liebe aufzunehmen pflegte. In der Tat hatten sie eine hübsche Tochter, eine fromme, schüchterne Blondine, Susanna geheißen, die wohl wert gewesen wäre, Frau Staatsbaumeisterin zu werden. Herr Dampf sah die Blondinen überhaupt gern, und diese geistliche Blondine besonders. Er hatte dazu den allen großen Männern eigenen Fehler, daß er für diejenige Schönheit am lebhaftesten brannte, der er am nächsten stand.

Es war Nachmittags. Die Zeit floß unter angenehmen Gesprächen über Haushaltungs- und Ehestandsgeschichten der Nachbarn vorüber. Man brachte den Kaffee. Um einen Schwarzlackierten, mit großen goldenen Landschaften japanisch verzierten runden Tisch, der auf säulenförmig gewundenem Beine ruhte, setzten sich rechts und links der Herr und die Frau Pfarrerin und dem zärtlichen Hans Dampf die sittige Susanna gegenüber. Sie bediente ihn zuerst mit dem dampfenden arabischen Trank. Der Baumeister hatte Susannen noch nie so schön gefunden als heute; vielleicht eben darum, weil er heute und nach wenigen Stunden seine Freiheit an die kleine Rosine auf immer verlieren sollte. Er verglich im stillen das reizende Gegenüber mit dem Schatzkästlein, welches ihn auf den Abend erwartete; aber gegen Susannens goldenes Haar, welches sich so schön um ihre weiße Stirn kräuselte, ward alles Gold und Geld der Jungfer Seckelmeisterin nur Plunder; und bei Susannens blauen, frommen Augen, beim Anblick ihres kleinen roten Mundes, ihres schneeweißen, feinen Halses und was sonst mit dem in Verbindung war, vergaß man gar leicht Rosinens ganze preiswürdige und vornehme Verwandtschaft. Als er nun noch dazu von ungefähr unterm Tisch ihr Füßchen im engen Schuh und zarten, weißen Strumpf erblickte und dabei an Rosinens breiten, männlichen Fuß dachte, loderte sein Herz für die Blondine in hellen Flammen. Er vergaß die erkorene Braut und wünschte sich kein anderes Paradies, als in welches ihn die keusche Susanna einführen könnte. Es tat ihm recht weh, daß sie die schönen Augen züchtiglich vor sich niedergesenkt und der Kaffeetasse zugewandt hielt. Nicht einmal seine ganz neue, veilchenfarbene, seidene Weste konnte ihre Blicke fesseln. Er hätte ihr gern die süßen Gefühle, die ihn bewegten, erklärt, hätte ihn nicht die Gegenwart der Eltern geschreckt. Doch konnte er sich nicht enthalten, ihr, indem er mit seinem Fuß dem ihrigen nahte, durch einen sanften, zärtlichen Druck auf denselben zu verraten, wie gern er mit ihr in Berührung stände.

Zum Unglück hatte er aber nicht bemerkt, daß Suschen ihren Fuß zurückgezogen und die Mutter dagegen auf die Stelle desselben ihren eigenen gesetzt hatte. Dieser war aber nicht minder empfindlich als jener der siebenzehnjährigen Schönen; denn die Frau Pfarrerin klagte schon seit längerer Zeit über sogenannte Krähenaugen. So erklärt sich's, daß der verliebte Fußtritt des Baumeisters ihr nicht nur ein Mordiogeschrei auspreßte, sondern unter der verzweifelten Anstrengung, ihre Zehen aus der unerwarteten Klemme zu retten, der einbeinige japanische Tisch teilnehmend ward und mit dem ganzen Kaffeemahl seitwärts taumelte. Weil aber niemand so un-höflich war, noch sein wollte, Kaffee, Milch, Zucker und Semmeln in Masse für sich allein zu nehmen, warf jedes in Eile den Tisch zurück, sodaß er wie ein Ball nach allen Richtungen rundumher flog und jeglichem einen Teil seiner Ladung mitteilte.

Alle staunten sich erschrocken an, weil keines auf diesen Streich des Schicksals gefaßt gewesen war. Die schwarzen Beinkleider des Pfarrers leuchteten so gut als des Baumeisters veilchenfarbene Wes-te von einer neuen Milchstraße, und die Frau Pastorin mit ihrer Tochter baten Herrn Dampf mit hundert Knixen um Verzeihung wegen eines Vorfalls, der ihre schönen weißen Schürzen mit kaffee-farbenen, abenteuerlichen Gestalten verziert hatte. Dampf sah vo-raus, daß am Ende seine Verlegenheit und Schuld am größten wer-den würden, da man nach dem ersten Schrecken dem Ursprung alles Übels nachzuforschen anfing. Er fand, es sei spät, und nahm Abschied.

Ein regnerischer, wolkenschwerer Himmel hatte den Eintritt der abendlichen Dunkelheit beschleunigt. Hans hoffte sich bei dem seckelmeisterlichen Schmause zu entschädigen für das geistliche Abenteuer, eilte nach Hause und von da in seine Kleiderkammer, um die seidene, veilchenfarbene Weste mit einer trockenen zu vertauschen.

Dies vollbracht, ging er ans Fenster, um zu erforschen, ob der Regen noch Sicherheitsmaßregeln notwendig mache. Allein der Regen war plötzlich vergessen, da ihm, wie er das Fenster öffnete, statt Wasser Feuer entgegenkam; kein irdisches, sondern ein wahrhaft überirdisches Feuer; nicht vom Himmel, sondern aus den schwarzen Augen einer hübschen Nachbarin, namens Katharine.

Diese Nachbarin war niemand anders als die Tochter des Herrn Stadt- und Platzmajors Knoll. Sie wünschte sich aber in der ganzen Stadt keinen besseren Platz als im Herzen des Herrn Stadtbaumeisters; auch glaubte sie längst im Besitz desselben zu sein. Denn Herr Dampf, so oft er in ihrer Nähe sein konnte, liebte keine andere als sie; und er war oft in ihrer Nähe, obgleich der Herr Platzmajor übrigens sein guter Freund und Gönner nicht war. Denn beide hohe Staatsbeamte waren bei einer Kindtaufe um Rang und Vortritt in diplomatischen Streit geraten. Der Platzmajor, als Militär, behauptete schon vermöge des hohen Federbusches auf dem Hut eine erhabenere Person als Herr Dampf zu sein; dieser aber bewies dagegen, daß, weil ein Staatsbaumeister neue Schöpfungen aufzurichten, ein Kriegsheld nur zum Zerstören da wäre, jenem in jeder Rücksicht der Vorzug gebühre. Obgleich nun der Staatsbaumeister noch nichts gebaut und der Stadt- und Platzmajor weder eine Stadt noch einen Platz zerstört hatte, dauerte doch der Prozeß um den Rang schon seit Jahr und Tag vor Räten und Bürgern.

Die holde, kleine Katharine hingegen mit den Feuerblicken war ganz und gar nicht der Meinung ihres Vaters. Wenn es sein konnte, abends oder morgens im Dämmerstündchen, sah sie gern hinten hinaus, wo die Fenster ihres Hauses den Dampfischen Fenstern gegenüberstanden. Die ganze Straße war kaum drei Schritte breit, recht eng und für Liebende gemacht, die sich in der Stille dies und das zuzuflüstern hatten, ohne daß es die Leute hören sollten, die drunten auf der Gasse wandelten.

Man flüsterte sich also einen guten Abend her und hin; man sagte sich viel Schönes, und Hans beklagte abermals, was er schon oft mit der größten Wehmut betrauert hatte, daß die Straße nicht noch um einen Schritt schmäler sei, damit er Katharinens niedliche Hand über der Straße küssen oder wenigstens berühren könnte. Auch hatte er wirklich schon einige Male, seit er Staatsbaumeister geworden, der Nachbarin geschworen, er wolle von seinem zu ihrem Fenster hinüber noch eine Brücke bauen, wie hundert Meilen um Lalenburg her keine zu finden sein sollte. Indessen war es aus allerlei Gründen bei der leeren Drohung geblieben, wiewohl Katharinchen vielleicht gegen die Erfüllung derselben nichts einzuwenden gehabt hätte.

Dieser Brückenbau fiel nun plötzlich dem Herrn Dampf wieder ein, da die Schöne mit den Flammenblicken drüben unter anderem auch erzählte, daß sie recht froh wäre, ihn und überhaupt einen Menschen zu sehen, weil sie ganz allein im Hause sei und sich beinahe fürchte. So hold hatte ihm die Gelegenheit nie gelächelt, die Burg des Stadtmajors durch Überfall zu erstürmen, da die ganze Besatzung abgezogen war. Er bat also auf der Stelle um Erlaubnis, seine Luftbrücke errichten und auf derselben hinüberkommen zu dürfen; und ohne Antwort zu erwarten – ein Brett war bei der Hand –, vollzog er das kühne Werk. Zwar die Schöne ängstigte sich außerordentlich über die Gefahren dieser Luftreise; der Baumeister wollte aber schlechterdings nun auch einmal seiner Würde Ehre machen und Baumeister in der Tat sein. Ohnehin wußte er aus allen Romanen und Schauspielen sehr gut, wie sehr männlicher Mut und ein Wagstück ungewöhnlicher Art den Schönen zu gefallen pflege. Er segnete die Bauart von Lalenburg, welche die nachbarlichen Vertraulichkeiten erleichtert; legte das Brett von Fenster zu Fenster und kroch mit gehöriger Vorsicht auf allen Vieren kühn hinaus ins Freie. Entdecken konnte ihn nicht leicht jemand, denn es war schon stockfinster.

Diese Stockfinsternis, so vorteilhaft sie sein mochte, hatte jedoch auch ihren kleinen Nachteil. Denn Katharinchen, als es das Ende des Brettes in das ihr gehörige Fenster zog, bemerkte leider nicht, daß es des Guten zu viel tat; und der Zunftmeister Pretzel, seines Handwerks ein Töpfer, bemerkte nicht, welches Gewitter über ihm schwebe, als er unten auf der Straße mit seinem Wagen voll irdenen Geschirrs durchfuhr, das dem Jahrmarkt eines benachbarten Städtchens zugedacht war.

Wie nun oft widrige Umstände im Leben zusammentreffen, um dem Sterblichen alle Lust an der besten Welt zu verderben, so geschah es auch hier. Die Brücke verlor ihren Stützpunkt am Dampfischen Fenster. Das Brett glitschte; und obwohl Jungfer Katharine es mit beiden Händen festhielt und zu sich ins Kämmerlein zog, fehlte doch der Baumeister darauf.

Hans Dampf war hinunter, dem Zunftmeister Pretzel in alle Töpfe gefahren; aber so glücklich oder unglücklich, daß er zwar ganz gesund darauf zu sitzen kam, hingegen den ganzen Marktkram in Scherben verwandelte. Dies verursachte ein so schauerliches Geknatter und Getöse, daß der Zunftmeister, welcher vor dem Pferde friedlich einherging, wo nicht den gänzlichen Einsturz des Himmels, doch eines Hauses erfahren zu haben glaubte. Das Pferd, nicht minder erschrocken, tat einen gewaltigen Satz und war damit zur Straße hinaus auf den Rathausplatz.

Der Zunftmeister, neugierig, wieviel ihm vom Wagen übrig geblieben sei, hielt an und war im Begriff, die Untersuchung, so gut sie sich in Eile und Finsternis machen ließ, anzustellen, als er zu seiner nicht kleinen Verwunderung einen Menschen von seinem Wagen springen sah, dem noch einige Dutzend Schüsseln unter erschrecklichem Geprassel nachsprangen. Offenbar schien ihm das nun ein diebisches Wagstück oder sonst ein Werk der Bosheit. Er lief mit vieler Geistesgegenwart, den Täter handfest zu machen, der, wie bekannt, kein anderer als der Staatsbaumeister war. Doch statt seiner – denn Hans Dampf schlich sich behend davon, um seinerseits alles Aufsehen zu meiden – ergriff der zornige Töpfer den Schuhmacher Ahl, wohlverdienten Oberzunftmeister. Ihn führte sein Schicksal sehr ungelegen aus dem Ratskeller dieses Weges am Unglückswagen vorbei. Herr Pretzel packte den edeln Oberzunftmeister mit so fürchterlicher Inbrunst und umklammerte ihn so fest, daß er sich nicht regen konnte. Eine Riesenschlange hätte ihn nicht mächtiger umwickeln können. Dabei schrie der Töpfer mit einer Stimme, die weit hinaus über Tore und Ringmauern der Stadt vernommen werden konnte:

»Zur Hilfe! Räuber, Mörder, Diebe!«

Der bedrängte Oberzunftmeister, welcher in der Tat größere Ursache hatte, zu solchen Ausrufungen seine Zuflucht zu nehmen, versäumte sie auch nicht. Freventlicher war nie ein Landfriede gebrochen worden. Im Gefühl seiner Unschuld und Todesgefahr schrie er wetteifernd mit dem Wüterich, der ihm fast die Rippen brach: »Mordio! Feurio! Banditen, Mörder, Straßenräuber!«

Dies Geschrei, dergleichen man seit einem vollen Jahrhundert nicht in Lalenburg gehört hatte, verbreitete über die ganze Nachbarschaft einen panischen Schrecken, jedermann verriegelte in größter Behendigkeit Haustüren und Fensterladen von innen, weil man eine ganze Diebesbande oder den in anderen Ländern Mode gewordenen Ausbruch einer Revolution in den Straßen vermutete. Und wer auf den Gassen wandelte, floh eilfertig in entgegengesetzter Richtung davon, um den Mördern nicht unter die Fäuste zu kommen. Die Stadtwachen an den Toren, meistens alte, gichtbrüchige Leute, denen der löbliche Magistrat das Gnadenbrot gab, ergriffen zitternd ihre Hellebarden, flohen ins Wachthaus, verrammelten sich darin aufs beste und schworen, alle für einen und einer für alle zu sterben, wenn man sie überfallen und angreifen würde. Der Stadt- und Platzmajor Knoll, welcher zufälligerweise auf dem Heimweg zu seiner Behausung den Lärmen vernahm und das Durcheinanderrufen von Mördern und Räubern, glaubte daran, riß den langen Federbusch von seinem Hut, damit ihn keiner von der Bande für eine Militärperson halte, und flüchtete keuchend in den Ratskeller zurück.

Da nun auf diese Weise den Kämpfern niemand zu Hilfe kam, hörten sie nach einer guten Viertelstunde auf zu schreien, weil ihre Stimmen ziemlich heiser geworden waren. Sie hatten inzwischen ihre Kräfte auf mannigfaltige Weise gegeneinander versucht; mehr als einmal nebeneinander auf dem Erdboden gelegen, mehr als einmal das Gefecht erneuert, ohne daß einer den entscheidenden Sieg errungen hätte. Beide des fruchtlosen Kampfes satt, wollte doch keiner den andern fahren lassen. Sie schleppten einander, jeder in gleicher Absicht, zu einem benachbarten Hause, wo ein Metzger wohnte, der beider Gevatter war. Nach langem Bitten, daß man ihnen die Tür öffne, geschah es. Der Metzger glaubte in den bekannten Stimmen Mitbürger zu hören, die dem Blutbade auf der Gasse glücklich entronnen wären. Als sich endlich beim hellen Kerzenschein der Schuhmacher und der Töpfer erkannten, erneuerten sie ohne Zeitverlust mit verdoppeltem Zorn ihre Balgerei. Denn sie waren von der Zunft her noch alte Feinde, und jeder glaubte zuverlässig, der andere habe ihm aus Rache einen bösen Streich spielen wollen.

Inzwischen war Hans Dampf in Angst und Schrecken zur Stadt hinausgelaufen, aus gerechter Furcht vor dem Eigentümer der zermalmten Töpfe, von dem er sich verfolgt glaubte. Er vergaß Rosinen und Mandeln und alles Konfekt der Verlobung und Katharinen am Fenster und ihr Entsetzen beim Anblick des leeren Brettes. Er irrte den ganzen Abend umher und fand, da er mit einiger Sicherheit heimkehren zu können glaubte, die Stadttore fest verschlossen. Dies beruhigte ihn ungemein, denn nun überzeugte er sich, daß auch sein Verfolger eingesperrt sei. Er übernachtete also in einem Wirtshause außer der Stadt, wo er vorgab, sich auf einem Spaziergang verspätet zu haben.

Hans Dampf

Folgenden Morgens kehrte er zu guter Zeit in die Stadt zurück, nicht ohne Herzklopfen. Teils konnte der stolze Seckelmeister Piphan sein Ausbleiben von der Verlobung übel gedeutet, teils ihn irgend ein Umstand dem Töpfermeister Pretzel verraten haben, als Urheber alles Unheils in seinem Marktkram. Inzwischen hoffte er, sich auf jeden Fall mit der ihm eigenen edeln Dreistigkeit durchzuhelfen.

Noch schlief in Lalenburg alles gar friedlich. Wie er aber zu seinem Hause kam, fand er vor demselben drei Eilboten eines benachbarten Dorfes, die schon seit mehreren Stunden auf ihn warteten. Der erste meldete hastig, daß im Dorfe Feuer ausgebrochen sei und man ihn dringend ersuche, die Spritzen zu senden, da er die Schlüssel zum Spritzenhaus habe. Der andere meldete, es wären schon drei Häuser niedergebrannt, doch aber schon mehrere Feuerspritzen aus den umliegenden Gegenden angelangt. Der dritte zeigte an, die Brunst sei glücklich seit einer halben Stunde gelöscht. Hans Dampf strich nachdenkend das Kinn und sprach zu den Bauern, die mit ehrerbietig entblößten Häuptern vor ihm standen: «Ihr Esel, wenn euer ganzes Dorf abgebrannt wäre, so würde es eure Schuld sein; denn ihr hättet zu rechter Zeit kommen müssen, ehe das Feuer angegangen, damit ich zu rechter Zeit dazu hätte tun können. In dem Fall würde ich nicht ausgegangen und nicht nachts über Land gewesen sein. Doch ist es gut, daß das Feuer nun gelöscht ist. Ein anderes Mal meldet euch vor Ausbruch desselben, damit man auch Zeit genug habe, die Spritzen vorher zu probieren. So gehet denn heim und saget euern Vorstehern meinen Bescheid.»

Er hatte sie kaum entlassen und sein Frühstück eingenommen, als ihn einer seiner Vettern besuchte, der sich den gestrigen Verlobungsschmaus hatte behagen lassen. Er kam aber mit Aufträgen des Herrn Seckelmeisters Piphan, welchen das Ausbleiben des Staatsbaumeisters so sehr empört hatte, daß er demselben höflichst melden ließ: aus Verlobung, Heirat und Schwiegersohnschaft werde nun und in Ewigkeit nichts werden; er möge sich fernerhin nicht mehr um die Hand der liebenswürdigen, buckligen Rosine weiter bemühen, auch sich wohl hüten, das sehr gekränkte Seckelmeisterische Haus jemals wieder zu betreten, wenn er nicht Gefahr laufen wollte, sehr unsanft aus einem von dessen Fenstern zu fahren.

Was nun die Hand der schönen Rosine betraf, tröstete sich Hans gar bald; auch die angedrohte Fahrt aus dem Fenster schien keinen besonderen Eindruck auf ihn zu machen, da er den ersten Versuch ziemlich gefahrlos gemacht hatte. Doch war ihm die Ungnade des Seckelmeisters darum nicht minder ungelegen. Denn dieser Mann hatte bedeutenden Einfluß auf den Rat der Stadt und Republik, welchen er auch mit allem Recht verdiente, weil er bei aller Geistesarmut einer der reichsten Leute des Ortes war.

Der Vetter gab indessen gar nicht undeutlich zu verstehen, daß Herr Piphan vielleicht die Nachlässigkeit seines Eidams kaum so ungnädig empfunden haben würde, hätte nicht der pfiffige Stadtschreiber Mucker mit seinen gottlosen Anmerkungen den Zorn des Seckelmeisters tapfer angeblasen. Herr Mucker schien nämlich selber auf den Besitz Rosinens und ihrer Schätze gerechnet zu haben; er war ohnedem Dampfs bester Freund nicht, weil dieser ihm einst, da er sich um die Stadtschreiberstelle bewarb und bei dem hochpreislichen Magistrat seinen bittweisen Rundebesuch machte, das Gesicht unter dem Vorwand, es von angespritzten Tintenflecken zu säubern, mit Kienruß gar erschrecklich eingerieben hatte. Mucker war nicht der Mann, welcher solchen Pagenstreich so leicht vergessen konnte, wären auch zwanzig Jahre darüber vergangen gewesen. Er pflegte wenig Worte zu machen, hatte es aber, wie man in Lalenburg zu sagen pflegt, immer dick hinter den Ohren; sah keinem in die Augen, wenn er sprach; aber lächelte immer gar verbindlich, wenn er sprechen mußte und sogar wenn er in der Kirche hinterm vorgehaltenen Hute betete; war dabei auf seine angenehme, hagere Gestalt ein wenig eitel, und behauptete mit großer Selbstgenügsamkeit, daß kein Schriftsteller in Europa eine so zierliche Hand schreibe als er. Hans Dampf erfuhr noch gleichen Tages nicht nur die merkwürdigen Folgen seiner gestrigen Invasion in Pretzels Geschirr, sondern auch, daß der Stadtschreiber Mucker vermute, kein anderer als Hans Dampf könne der Stifter des Unheils gewesen sein. Mucker nämlich hatte, wie er vom Zunftmeister, seinem Nachbar, die Geschichte erfahren, sogleich in eigener Person den Schauplatz der Handlung in Augenschein genommen und die ersten Scherbenspuren vor der Haustür des Staatsbaumeisters, nebst einem Perlemutterknopf vom Kleide desselben daneben gefunden. Dies und Hans Dampfens Nichterscheinen zur Verlobung schien miteinander in genauester Verbindung zu stehen. Es ging auch die Rede, daß der Stadtschreiber vor Rat förmlich Anklage gegen Hans Dampf, sowohl wegen dieses Vorfalls, als Störung des öffentlichen Landfriedens, als auch wegen der nicht zur Feuersbrunst gesandten Spritzen erheben werde. Der Staatsbaumeister aber, jederzeit unerschrocken, nahm diese Drohung sehr leicht auf. Und obgleich Seckelmeister Piphan, Zunftmeister Pretzel, der auf reichlichen Ersatz seines Schadens Anspruch machte, die ganze Sippschaft des Pfarrers, der das Unglück bei der Kaffeevisite in allen Häusern verkündigt hatte, und mancher andere um ähnlicher Beschwerden willen die Partei des Stadtschreibers vermehrte, verließ sich Hans Dampf doch auf sein Glück, wie ein Cäsar, und auf seine Beredtsamkeit, wie ein Cicero. Unterdessen zettelte er selbst in der Eile eine Verschwörung, wo nicht gegen den Stadtschreiber, doch gegen dessen langen Haarzopf an, auf welchen sich, als den allerlängsten in Lalenburg, Herr Mucker nicht wenig zu gute tat, während doch laut alter Übung der Stadtschreiber so gut wie ein Bürgermeister verpflichtet war, von Amts wegen eine Lockenperrücke zu tragen. Schon vielen rechtschaffenen Bürgern war dieser Haarzopf ein Stein des Anstoßes gewesen und einige patriotischdenkende Metzger hatten schon einmal geschworen gehabt, ihm denselben vom Kopfe hinwegzuhauen.

Das Gerücht dieser Verschwörung verbreitete sich schnell durch die Stadt. Denn was auch in Lalenburg und selbst im geheimen Rat der Republik geschah, pflegte jedesmal sogleich im größten Vertrauen von Mund zu Ohr, von Ohr zu Mund zu gehen, bis alle Einwohner beiderlei Geschlechts in das Geheimnis eingeweiht waren. Das neugierige und geschwätzige Völkchen befand sich dabei recht wohl und ersparte viel Geld für Zeitungen.

Beide Parteien rüsteten sich also und warben mit großem Eifer für den kommenden Ratstag. Dergleichen ward alle Wochen nur einmal gehalten. Ging die Regierung nach beendigter Sitzung auseinander, regierte sich die beste der Republiken ohne alle Mühe von selbst; denn der eine Bürgermeister verkaufte in den übrigen Wochentagen Kaffee und Gewürz, der andere fabrizierte Band, der

Seckelmeister schenkte Wein aus, ein Ratsherr machte Wurst, ein anderer Brot usw. Genug, jeder war beflissen und sich bewußt, die materiellen Interessen des Staats auf diese Weise besser denn durch Schreiberei in Kanzleien und Schreierei im Ratssaal zu befördern.

In allen Gassen

Der große Tag erschien, da die gefährliche Lage der Republik verhandelt werden sollte. Begebenheiten wie die der vergangenen Woche waren seit undenklichen Zeiten nicht geschehen. Hans Dampf war inzwischen nicht müßig gewesen. Er hatte allen Schönen der Stadt den Hof gemacht; allen geschworen, er habe nur ihretwillen des Seckelmeisters bucklige Tochter aufgeopfert. Die dankbaren Schönen hatten dafür ihre Mütter, die Mütter ihre Eheherren, und diese ihre im Rate befindlichen Freunde gegen den ungebührlichen Zopf des Stadtschreibers in Harnisch gebracht. Jedermann erwartete mit Furcht und Zittern den Ausgang der Dinge. Sobald die Ratsglocke läutete, waren alle Lalenburger und Lalenburgerinnen im Geiste auf dem Rathause, wenn sie nicht Berufs wegen dort sein konnten. Viele Handwerker verließen ungeduldig ihre Werkstätten, der Schmied den Amboß, der Müller die Mühle, der Leinweber den Wirkstuhl, um auf dem Platze vor dem Rathaus den Augenblick zu erwarten, da die wohlweisen Herren in Mänteln und Degen die hohen Stiegen aus der Sitzung herabkommen und ihren Bekannten vertraulich den Gang der Sachen offenbaren würden.

Der Rat fand sich in höchster Vollzähligkeit beisammen. Abwechselnd wandten sich die Augen aller während der ersten Stille auf die beiden Parteihäupter, besonders auf den Stadtschreiber, vor welchem auf dem Tisch ein paar Scherben von Kochtöpfen neben einem Perlemutterknopfe lagen.

Nach Beseitigung der ersten Geschäfte forderte Mucker wirklich das Wort und schritt zur Anklage. «Woher soll ich Worte nehmen,» hob er an, «um das Verderben zu schildern, welches der unruhige Geist eines unserer Mitbürger über die Republik gebracht hat? Seit der Gründung Roms und Lalenburgs haben viele Menschen gelebt; aber nicht einer von allen war fähig, in so kurzer Zeit, mit so geringen Mitteln, in so ungeheuren Spielräumen so unheilbringend zu wirken, als Hans Dampf, ja, ich nenne ihn, o Landesväter, denn schon nennt ihn jedes Kind auf den Gassen, als den Stifter alles Übels in der Republik. Oder wo wäre ein Haus, welches nicht über ihn zu klagen hätte? Sind Geheimnisse irgendwo verraten: so war Hans Dampf dabei. Gab es Klatschereien: so half Hans Dampf. Zankten sich Eheleute: so hatte sie Hans Dampf widereinander gehetzt. Mißlang irgend ein Plan: so war Hans Dampf in die Quere gekommen. Ging eine Verlobung rückwärts: so hatte Hans Dampf die Hand im Spiel. Scheiterte ein Unternehmen: so war es durch die Ungeschicktheit dieses Hans Dampf. Er ist wie zum Elend der Welt geboren, hat seine Nase überall, fährt überall zu, will alles wissen, alles machen, alles bessern, und bringt alles in Verwirrung.»

Nach diesem Eingang, den der Redner mit vielen Beispielen aus der geheimen Stadtgeschichte erläuterte, kam er auf die letzten Begebenheiten, auf die Feuersbrunst, auf die zerschmetterte Töpferware, auf den Riesenkampf des Oberzunftmeisters und des Zunftmeisters, auf das unermeßliche Entsetzen der ganzen Stadt, auf die nachteiligen Wirkungen desselben bei Nervenschwachen, Kranken und Wöchnerinnen. Er sprach so rührend, daß Zunftmeister Pretzel beim Anblick der Scherben sich nicht der Tränen erwehren konnte; so feurig, daß Seckelmeister Piphan vor Grimm feuerrot ward und der Oberzunftmeister Ahl die Fäuste ballte. Selbst Hans Dampf schien einen Augenblick die unerschütterliche Hoheit und Ruhe des Geistes zu verlieren.

Bald aber ermannte er sich und begann seine Verteidigung mit vieler Würde und Klarheit; bewies, daß man aus einigen Scherben und einem Rockknopf, den er auf der Gasse verloren haben könne, nichts wider ihn beweisen könne, sonst ließe sich auch beweisen, daß der Stadtschreiber vor einigen Wochen den alten Torturm, der von selbst zusammengefallen sei, vermittelst seines steifen Haarzopfs eingestoßen habe, weil bekannt sei, daß er mit demselben drei Minuten vorher am Tore vorbeigegangen. Was die Feuersbrunst betreffe, falle die Schuld nicht auf ihn, daß die Spritzen der Hauptstadt zu spät kamen oder gar nicht, weil man ihm das Unglück erst gemeldet, da es geschehen war. Wären aber auch die Spritzen zeitig genug erschienen, würde darum das Feuer nicht minder hell gebrannt haben, weil bekanntlich die Löschwerkzeuge Alters wegen zerfallen und verfault wären, also daß keine Tasse voll Wasser darin Stich hielte.

Der Stadtschreiber Mucker aber widerredete dem heftig; bewies, daß Hans Dampf allerdings der Urheber alles Übels sei, und schloß mit den Worten: «So weit, o Landesväter, ist es gekommen, daß es bei mir gar keines Zuredens mehr bedarf, um mich glauben zu machen, daß an dem blutigen Türkenkriege, daß an der großen Viehseuche in Polen, daß an dem fürchterlichen Erdbeben in Kalabrien, daß an dem letzten Sturm, welcher die spanische Silberflotte in den Abgrund des Meeres senkte, niemand anderes als Hans Dampf schuld sei. Seit er wieder in unsere Mauern kam, ist Verwirrung, Zwietracht, Parteiwesen und Lärmen an der Tagesordnung. Noch steht Lalenburg; aber wir Landesväter werden den Untergang dieser uralten, herrlichen und weltberühmten Stadt sehen, wenn wir den Hans Dampf nicht von uns weg über alle Meere verbannen. Wessen ist er nicht fähig? Hat er uns noch nicht der Entzweiung, des Schreckens genug gebracht? Wollet ihr noch Bürgerkriege erleben, Mord und Brand, den Einsturz dieses ehrwürdigen Rathauses, die Einäscherung unserer Wohnungen?» Und nun fuhr Mucker fort, ein Bild der Verwüstung zu entwerfen, daß allen Zuhörern und selbst dem edlen Hans Dampf die Haare vor Grausen bergan standen, und jeder den Augenblick vor der Tür glaubte, wo die Zerstörung Jerusalems sich in Lalenburg wiederholen würde.

Angst und Furcht, Schrecken, Verzweiflung und Rache war in allen Gesichtern zu erblicken. Einige saßen halb ohnmächtig eingesunken da; andere schnoben mit erweiterten Naslöchern wutvoll und schossen mörderische Blicke auf den Staatsbaumeister; andere wollten in bangem Entsetzen zu den Ihrigen flüchten, um sie zeitig zu retten, sanken aber mit gebrochenen Knien auf die Bank zurück; andere wollten das Wort fordern und auf den Tod des Hans Dampf antragen und konnten nur mit vom Zorn erstickter Stimme unvernehmliche Töne hören lassen.

Plötzlich öffneten sich die Türen des Saals und der Ratsbote trat herein, einen Brief in der Hand, mit einem ungeheuren Siegel. Er übergab ihn dem Bürgermeister und sagte, ein Kurier Sr. Durchlaucht des Fürsten von Luchsenstein habe ihn gebracht. Da spitzten alle mächtig die Ohren. Der Bürgermeister setzte die Brille auf und gab sich ein majestätisches Ansehen, indem er geheimnisvoll links und rechts flüsterte: «Depeschen von allerhöchster Wichtigkeit!» Die guten Lalenburger brannten vor Neugier und hingen mit ihren Blicken nur an dem gewaltigen Siegel. Die Zerstörung von Jerusalem war unverzüglich rein vergessen. Als nun der regierende Bürgermeister den Brief des Fürsten entfaltete, rückten diejenigen, welche dem Oberhaupte der Republik zunächst saßen, ihm so nahe auf den Leib, als sie konnten; die andern, um keine Silbe, keinen Odemzug des Bürgermeisters zu verlieren, rutschten auf ihren Bänken behutsam nach, daß einer fast auf den Schoß des andern zu sitzen kam. Der ganze Saal ward leer, bis auf einen kleinen Platz um den Meister herum, wo sich Köpfe an Köpfe drängten. Dabei herrschte Totenstille. Obgleich Lalenburg mit dem benachbarten Fürstentum Luchsenstein vielen Geschäftsverkehr hatte, war bisher doch noch nie geschehen, daß der Fürst unmittelbar dem Rat der Republik zugeschrieben hätte. Der Bürgermeister konnte also mit Recht vermuten, das Sendschreiben umfasse Gegenstände der höchsten Wichtigkeit.

Er fing an zu lesen, aber mit ehrfurchtsvoller, leiser Stimme, der Feierlichkeit des Gegenstandes angemessen. Weil die, welche zuhinterst saßen, die ersten Worte nicht vollkommen verstanden hatten, riefen sie: «Laut gelesen, laut!» Dadurch wurden die Vordern gestört und geboten einstimmig Stillschweigen. Darüber verloren die Hintern das Vorgelesene gänzlich und wiederholten ihren Zuruf um lautern Vortrag; andere begehrten, man solle noch einmal von Anfang anfangen. Die Vordern schrien ungeduldig: es müsse Totenstille herrschen. Dies Her- und Hinrufen ward immer stärker, weil endlich alle an dem Lärmen geärgert waren und jeder für sich die Ruhe herzustellen und seine Stimme über die Stimme der übrigen zu erheben bemüht war. Da nun die Hintersten sich überzeugten, daß bei so bewandten Umständen die Vordersten offenbar den Vorteil hätten, weil sie dem Brief und dem Vorleser zunächst waren, rückten sie nach. Hans Dampf saß wetterschnell dem Bürgermeister vor der Nase. Der Stadtschreiber behauptete und schrie sich dabei das Gesicht kirschbraun, Hans Dampf habe ihn vom Platze verdrängt. Es war umsonst. Gleichwie Hans Dampf hatten auch andere sich von hinten hervorgemacht. Nun gab es ein erschreckliches Stoßen, Reißen und Sturmlaufen unter Flüchen und Beschwörungen und Bitten und Seufzen, still zu sein.

Unter diesen tumultuarischen Bewegungen ward dem Bürgermeister am übelsten zumut; denn gegen ihn drängte sich, als zum

Mittelpunkt, alles von allen Richtungen her. Da faßte er den großen Entschluß, durch sein Ansehen den Sturm verstummen zu machen. Mit majestätischem Unwillen stand er auf und stieg, damit er über die Menge hervorrage, auf seinen Stuhl. Indem er aber die donnernde Stimme mit gerechtem Zorn erheben wollte, fuhr ihm durch einen unehrerbietigen Stoß des Gedränges der konsularische Thron unter den Beinen hinweg und er selbst mit dem fürstlichen Briefe, wie eine stürzende Eiche über niederes Gesträuch, in die ringende Menge hinab. Seine Perücke, die reichlich mit Puder und Pomade das Antlitz des Oberzollverwalters färbte und demselben schier das Licht der Augen raubte, ward von diesem im Jähzorn erfaßt und in eine Trutz- und Schutzwaffe verwandelt. Ihr Anblick und ihre Wirksamkeit reizte zu unseligen Nachahmungen des gegebenen Beispiels. Bald war keine Perücke mehr auf dem Kopfe sicher; eine um die andere flog empor über die Häupter der Menge, gleich einer Zornrute, und verbreitete Gewölke um sich in der Höhe, Schmerzen und Zetergeschrei der Getroffenen in der Tiefe.

In dieser traurigen Verwirrung der Dinge reifte plötzlich die große, lange vorbereitete Verschwörung gegen des Stadtschreibers Zopf. Der Ratsherren einer, seines Handwerks ein Schneider, zog die Schere und verfolgte damit den Stadtschreiber, welcher wie eine langgeschwänzte Ratze in dem Getümmel umherfuhr. Im Hui war der Zopf glatt am Kopfe weg, ohne daß Herr Mucker nur eine Ahnung von seinem Unstern hatte, bis er einen Hieb damit über das Gesicht bekam. Denn ein anderer hatte dem heimtückischen Schneider die Trophäe entrissen, und, weil sie die Länge von anderthalb Ellen haben mochte, sich ihrer wie eine Reitpeitsche bedient.

Als der Stadtschreiber seinen Haarzopf in fremder Gewalt sah und sich durch einen schnellen Griff in den Nacken vom ewigen Verlust dieses Kleinods überzeugt hatte, erhob er jammernd und die Augen voll Tränen die Hände gen Himmel und rief dessen rächende Blitze auf das Haupt des Frevlers herab. Er würde sich nicht halb so sehr gegrämt haben, wäre ihm statt des Zopfes der Kopf selbst gestohlen worden. Sein Geheul war so übermenschlich, daß die ganze Ratsversammlung darüber mitten im Kampf erstarrte, alle Fehde vergaß und den Unglückseligen schweigend umringte. Wie man aber wahrnahm, daß ihm weder Arm noch Bein, sondern der ohnehin statuten- und amtswidrige Zopf fehlte, lächelte jeder schadenfroh, lieferte friedlich die Perücken, wo sie liegen mochten, an ihre Behörde und nahm den alten Platz auf den Ratsbänken ein.

Der Bürgermeister schüttelte wegen der vorgefallenen Unordnungen sehr mißvergnügt das Haupt, welches unter der struppigen Perücke einem wahren Medusen- oder Titushaupt ähnlich geworden. Doch dergleichen lebhafte Debatten gehörten in Lalenburg keineswegs zu den unerhörten Dingen; daher machte man auch diesmal nicht viel Wesens daraus. Man erkannte darin nichts, als Äußerungen bürgerlicher Freimütigkeit und republikanischen unbefangenen Sinnes. Jeder brachte sein eigenes Haar zurecht und hielt, was an den Kleidern zerrissen sein mochte, einstweilen mit den Fingern zusammen. Der Stadtschreiber legte seinen entseelten Zopf neben Scherben und Rockknopf auf den Tisch, seine Tränen ins bunte Schnupftuch drückend. Jeder erwartete mit neuer Andacht die Vorlesung des fürstlichen Briefes. Dieser war während des Gewühls und Gezerrs in viele Fetzen zerrissen worden. Man sammelte sorgfältig die zerstreuten Papierstückchen auf, legte sie vor den Bürgermeister ehrerbietig hin, und überließ seiner Weisheit, daraus das Übrige zu ersehen.

Das war nun schwer; und so mannigfaltig auch die Stückchen nach allen Richtungen zusammengelegt wurden, kam doch nichts Ganzes heraus. Man las nur einzelne Worte ohne Zusammenhang. Da geriet der Rat in große Not und Verlegenheit. Dreimal hielt der Bürgermeister Umfrage, was dem Fürsten von Luchsenstein auf sein Schreiben geantwortet werden müsse, und dreimal schüttelte die erlauchte Versammlung den Kopf. Endlich erhob sich Hans Dampf und schlug vor, Seiner hochfürstlichen Durchlaucht zu melden, daß Dero Schreiben richtig und glücklich angekommen und verloren sei, daß also ein edler und wohlweiser Magistrat bitten müsse, Se. Durchlaucht wolle geruhen, noch einmal zu schreiben.

Als dieser gute Rat allgemein beliebt worden, fing Mucker, der sich unterdessen noch immer mit Zusammenfügung der Briefstückchen beschäftigt hatte, folgende Worte an aus denselben abzulesen: «Fangen – Hans Dampf – den Hund – tausend Gulden – Preis – seinen Kopf –»

Jeder horchte mit Erstaunen auf. «Hier ist», rief der Stadtschreiber, «keine Zweideutigkeit. Hans Dampf ist da wieder im Spiel und hat einen dummen Streich gemacht, der vielleicht ganz Lalenburg ins Unglück bringt. Der Fürst, wie mir's scheint, fordert, wir sollen den Hans Dampf fangen. Er nennt ihn selbst schlechtweg nur einen Hund und setzt einen Preis von tausend Gulden auf seinen Kopf. Es muß sich also dieser Hans Dampf wieder einmal ungebeten und ungerufen in Dinge gemengt haben, die ihn nichts angingen. Aber mit großen Herren ist nicht gut Kirschen essen. Mein unmaßgeblicher Rat wäre: den Angeklagten einstweilen im Gefängnis zu verwahren, bis Se. Durchlaucht das zweite Schreiben übersendet, und dem Fürsten nachträglich zu melden, daß der löbliche und wohlweise Rat zu aller Satisfaktion erbötig sei, auch den ofterwähnten Hans Dampf dermalen schon fest gemacht habe.»

Der Antrag des Stadtschreibers ward mit Einhelligkeit angenommen, so sehr auch Hans dagegen protestierte und versicherte, er habe mit dem Fürsten von Luchsenstein nie Verkehr gehabt. Man berief die Stadtwächter, welche mit ihren Partisanen alsbald anrückten. Der Stadt- und Platzmajor zupfte seinen Federbusch auf dem Hut etwas länger hervor, stellte sich an die Spitze der Schar und führte den Verurteilten unter großem Zulauf des Volks ins Staatsgefängnis.

Hans Dampf

Die Nachricht von der Verhaftung des Staatsbaumeisters und vom Zorn des Fürsten von Luchsenstein, der ihn nur schlechtweg einen Hund genannt, verursachte in Lalenburg ein unglaubliches Aufsehen. Jedermann zerbrach sich den Kopf darüber, was Hans Dampf versündigt haben möchte. Ja, so groß war die Bestürzung, daß man sogar am Stadtschreiber nicht einmal den verlorenen anderthalb Ellen langen Zopf vermißte. Man sprach nur von Hans Dampf in allen Gassen, und kein Mensch zweifelte an seiner bevorstehenden Hinrichtung. Einige vermuteten, er werde enthauptet, andere, er werde gehenkt, andere, er werde wenigstens lebendig verbrannt werden. Viele bedauerten, daß diese Feierlichkeiten nicht zu Lalenburg, sondern in der fürstlichen Residenz statthaben würden; andere hingegen freuten sich darüber, weil sie so mit gutem Anlaß und Vorwand die Residenz besuchen könnten. Mehrere redeten untereinander ab, die Reise dahin zur Ersparung der Kosten gemeinschaftlich zu machen. Alle Fuhrwerke und Pferde in der Stadt wurden noch selbigen Tags vorausbestellt und in Beschlag genommen. Man ließ die Schneider rufen und zu neuen Kleidern das Maß nehmen.

Inzwischen mischte sich doch bald auch in diese Betrachtungen und frohen Rüstungen das christliche Mitleiden, wenn man des Delinquenten gedachte, der nun, seines Todes gewärtig, im Kerker schmachtete. Hans Dampf, den jedermann kannte, der mehr oder weniger in jeder Haushaltung etwas zu schaffen gehabt hatte; Hans Dampf, den alle Mütter schalten und zum Eidam wünschten; den auf der Straße alle Mädchen über die Achsel ansahen, aber immer mit freundlichen Augen unter vier Augen; – Hans Dampf, am Tische ein lustiger Zecher, im Rate ein trefflicher Redner, unter Basen und Muhmen beim Kaffee ein Erzklätscher, in der Kirche der eifrigste Beter – Hans Dampf, alles in allem, der Alcibiades von Lalenburg, im Kerker!

Die stille Wehmut des Mitleidens ergriff zuerst die Töchter, dann die Mütter, dann die Männer. Kaum trat die Dunkelheit des Abends ein, schlich manche sittige Jungfrau, die sonst seine Blicke öffentlich zu fliehen und schon vor dem bloßen Namen eines unvermählten Mannes züchtig zu erröten pflegte, mit nassen Augen über die Gasse zum Gefängnis, dem «armen Sünder», wie nun der edle Staatsbaumeister hieß, eine letzte Labung und Erquickung zuzustecken. Die eine kam mit Würsten, die andere mit Zuckerwerk, die dritte mit kleinen Pasteten, die vierte mit Mandeln und Rosinen, und so jede. «Ach, lieber gnädiger Himmel!» riefen die alten Weiber, die Dienstmägde, die Gassenbuben, welche dies bemerkten. «Sie bringen ihm schon die Henkersmahlzeit!» Und nun war unter der ganzen Bürgerschaft länger kein Haltens mehr. Denn diese Mahlzeit mit dem häßlichen Namen war eine alte Lalenburgische Übung bei zum Tode verurteilten Missetätern. Einige Tage vor deren Hinrichtung pflegte man denselben an Eß- und Trinkwaren zu reichen, was sie wünschten und nicht wünschten. Da das Staatsgefängnis ebenen Bodens mit der Straße war und seine dickvergitterten Fenster gegen diese hinaus hatte, wo im Gitterwerk eine eigene Öffnung angebracht war, um Speisen einzureichen (denn die Kerkertür durfte keinem ohne hochobrigkeitliche Genehmigung geöffnet werden), wurde nun der Platz vor dem Gitterloch bis gegen Mitternacht von Gebern nicht leer. Brot und Backwerk aller Art, Schinken, Würste, gebratene Gänse, Hühner, Enten, Tauben, Torten, Pasteten, Äpfel, Birnen usw., nebst Wein und Bierkrügen, Likörfläschchen, Riechfläschchen usw., krochen durch das Loch. Die Krämer versorgten den armen Sünder sogar mit Salz, Pfeffer, Käse, Butter, Schnupf- und Rauchtabak, so daß der Staatsbaumeister in Gefahr geraten mußte, unter dem ungeheuern Vorrat, der immerfort hineingestopft wurde, zu ersticken. Er selbst ließ sich vor den menschenfreundlichen Gebern nicht sehen und antwortete nie auf ihre liebkosenden Trostreden. Doch sagte jedem das eigene Zartgefühl: Scham und Schmerz mache, daß er sich in die Dunkelheit zurückziehe.

Allein das Zartgefühl war diesmal im Irrtum und der Staatsbaumeister gar nicht im Staatsgefängnis. Als ihn um die Mittagsstunde der Platzmajor dahin geführt hatte, fand sich, daß das Staatsgefängnis zwar im besten Zustand sei, aber übel verwahrt. Die Tür konnte weder verschlossen noch verriegelt werden, weil Schloß und Riegel eingerostet am mürben Holz hingen. Dies war aber nicht Folge einer Nachlässigkeit des löblichen Rats der Stadt und Republik, sondern eines vierzigjährigen Prozesses zwischen der Stadt und der

Landschaft (nämlich den paar zu Lalenburg gehörigen Dörfern)
über die Streitfrage: ob die Gefängnisse müßten von der Stadt un-
terhalten werden, welche das Recht zum Einkerkern hätte; oder von
der Landschaft, deren Bewohner die Pflicht hätten, sich einsperren
zu lassen? Denn daß ein Staatsbürger ins Gefängnis gekommen,
war seit Menschengedenken unerhört. Dieser Prozeß war vor dem
großen Rat der Republik seit vierzig Jahren behandelt und noch
unbeendet. Alle Jahre war zwischen den Vorstehern der Stadt und
den Vorstehern der Landschaft deswegen ein Versöhnungsmahl auf
sogenannte »ungerechte Kosten« veranstaltet worden, um dabei die
streitführenden Parteien gütlich zu vergleichen. Weil aber beiderlei
Vorstehern Wein und Braten des Versöhnungsmahls sehr gut
schmeckte, kam die Versöhnung nie zustande, teils um nicht die
Hoffnung zu einem künftigen neuen Schmaus zu verlieren, teils
weil man immerfort auf Kosten des Unrechthabenden schmausete
und keiner Unrecht haben wollte.

Der Platzmajor hatte die kleinen Mängel an der Tür sogleich
vermöge seines natürlichen Scharfblicks erkannt und die Tür, statt
zu verschließen, auf der Stelle vernagelt, ja zu allem Überfluß noch
durch den Stadtschreiber obrigkeitlich versiegeln lassen. Außerdem
stand allezeit ein Stadtwächter mit der Partisane davor. Der Gefangene machte dem Wächter sogleich die triftige Frage: wie er als
Gefangener sich in besonderen Fällen, die zur Leibes- und Lebensnotdurft gehören, zu verhalten habe. Dem Wächter fiel die Frage
auf und schien ihm wichtig genug, deswegen dem Platzmajor und
Stadtschreiber, die noch nicht weit entfernt waren, nachzulaufen
und Verhaltungsbefehle einzuholen. Währenddem versuchte der
Staatsbaumeister die Beschaffenheit der Tür, und weil auf der Stelle,
wo sie nicht versiegelt und vernagelt war, die Türangeln beim ersten Druck auf den wurmstichigen Pfosten wichen, ging er hinaus,
rückte Tür und Angel wieder ein und begab sich zur Hinterpforte
weg nach Hause, ohne bemerkt zu werden.

Der treue Wächter kam zurück und brachte den unbarmherzigen
Befehl des Stadt- und Platzmajors: der Gefangene möge sich in solchen Fällen helfen, wie er könne. Die Schildwache äußerte darüber
zugleich ihr aufrichtiges Mitleiden. Weil aber der Staatsgefangene
dem Partisanenträger keine Silbe erwiderte, ungeachtet derselbe
wohl eine Viertelstunde lang erzählte, tröstete und guten Rat gab,

schwieg dieser endlich auch und begnügte sich, von Zeit zu Zeit
Nagel und Siegel zu beobachten.

In allen Gassen

Es war ein wirkliches Meisterstück von Reise, welche der Staatsbaumeister aus dem Gefängnis durch die Stadt nach seiner Wohnung machte, ohne bemerkt zu werden. Er brach in den Hinterhof des Staatsgebäudes durch einen geräumigen Stall, der auch gegen die dahinter liegende Gasse einen Ausgang hatte. In diesem Stalle wurden die obrigkeitlichen Schweine gemästet, welche bei dieser Gelegenheit froh waren, ins liebe Freie zu kommen. Von da sprang der Flüchtling in ein nahes Bäckerhaus, welches einst ein Ganzes mit dem nach der entgegengesetzten Straße stehenden Hause gewesen war. Er wußte zwar, daß seit der Teilung alles vorsichtig vermauert, auf dem Estrich jedoch noch eine Kommunikationspforte offen gelassen worden sei. Behend war er die Treppen hinauf, und weil die Pforte von Mehlsäcken verrammelt war, stürzte er dieselben aus dem nahen Erker in solcher Geschwindigkeit auf die Gasse, daß, ehe der sechste Sack platzend den Boden erreichte, Hans Dampf schon auf der andern Seite hinaus über die Gasse mit einem Sprung in des Platzmajors Haus war, worin sich ein Durchgang nach dem Gäßchen befand, in welchem vor kurzem Meister Pretzel das berühmte Unglück mit den Töpfen gehabt hatte. Ein neues Hindernis. Der Platzmajor hatte den Durchgang mit einem neuen Gänsestall verbaut, worin er, weil er den Gänse- und Federnhandel trieb, in mehreren Etagen bei dreißig dieser frommen Tiere übereinander nährte. Zum Glück war der Stall nicht massiv gebaut; das hölzerne Lattwerk flog links und rechts davon, und der Staatsbaumeister war schon in seinem eigenen Hause, ehe die Gänse alle durch ihr Geschrei und Umherflattern der ganzen Stadt ihre Freude wegen ihrer Erlösung bezeugen konnten.

So sehr auch ganz Lalenburg von den großen Ereignissen dieses Morgens überrascht und beschäftigt war, so daß man für nichts anderes mehr Sinn zu haben schien, als von der Verhaftung des edeln Hans Dampf, von dem fürstlichen Kurier und der im Ratssaale zerrissenen Depesche zu plaudern: mußte es doch kein geringes Aufsehen erregen, als sich plötzlich die Schweine des löblichen Rates, mit einem L gebrandmarkt, durch die Stadt verbreiteten;

dann in einer andern Gasse die Luft vom aufsteigenden Mehlstaube der herabfallenden, platzenden Säcke verfinstert ward, und zuletzt die Gänsescharen des Stadt- und Platzmajorats schreiend über alle Dachgiebel flogen. Niemand konnte begreifen, woher diese Wunder alle in den verschiedensten Gegenden zu gleicher Zeit? Einige Politiker argwöhnten, es möge von Anhängern des verurteilten Staatsbaumeisters ein allgemeiner Aufruhr beabsichtigt sein. Der Stadtschreiber Mucker aber soll zu verstehen gegeben haben, er würde glauben, Hans Dampf sei wieder in allen Gassen rege, wenn er ihn nicht in demselben Augenblicke erst versiegelt und vernagelt hätte, da Schweine, Mehlsäcke und Gänse ins Publikum kamen.

Inzwischen verschlang der Gedanke an die große Sache des Vaterlandes, besonders an die erwartete feierliche Hinrichtung, jede Rücksicht auf geringere Gegenstände, besonders da schon folgenden Morgens der fürstlich-luchsensteinische Kurier im vollen Galopp mit einer neuen Depesche zur Stadt hereingesprengt kam. Sogleich ertönte die Ratsglocke. Die Bürgermeister und Ratsherren eilten in Mänteln und Degen zur außerordentlichen Sitzung mit Gebärden voll Tiefsinns und Ernstes. Viel Volks lief neugierig auf dem öffentlichen Platz zusammen, noch mehr aber, als eine fürstlich-luchsensteinische Kutsche kam, um den Gefangenen abzuholen.

Die Sitzung ward eröffnet. Der Bürgermeister setzte die Brille auf, erbrach den großen Brief in Gegenwart der Versammlung und hob nun mit lauter Stimme zu lesen an:

«Wir Nikodemus, Fürst zu Luchsenstein, Graf zu Krähenburg, Baron zu Dachsfelden, Herr zu Sauwinkel und Fuchsbergen usw. usw. entbieten den wohlweisen Bürgermeistern und Rat der löblichen Stadt und Republik Lalenburg unsern gnädigen Gruß zuvor. Ehrenfeste, Liebe, Getreue! Als wir mißfällig vernommen, daß unser an euch erlassenes Missiv verloren gegangen, welches von Wort zu Wort also gelautet hat: ›Dieweil einer eurer trefflichen Angehörigen, genannt Hans Dampf, zu einem unserer Hofjäger geredet, wie er sich unterfangen wolle, jeden Hund vernünftig sprechen zu lehren, und uns dies besonderermaßen wohlgefallen, so soll uns kein Preis zu teuer sein, wenn er unserm Leibhund Fidele die menschliche Sprache beibringen kann, als welche demselben, ungeachtet seines natürlichen Verstandes, sehr schwer fällt, wiewohl er schon dermalen das Deutsche, zum Teil auch Französische und sogar Italienische versteht, ohne es jedoch selbst zu reden. Wir ernennen den quästionierlichen Hans Dampf einstweilen zu unserm Hofrat, weisen ihm tausend Gulden zur ersten Einrichtung an und werden diesen guten Kopf, wenn er reüssiert, zum Erzieher unserer Prinzen machen, sobald dieselben erwachsen sein werden.‹ Als erwarten wir von euch, Ehrenfeste, Liebe, Getreue, ihr werdet diesen unsern Hofrat Hans Dampf unverzüglich an uns anher senden ohne Verzug. Damit geschieht unser gnädiger Wille.»

Mit den sichtbarsten Zeichen des Erstaunens hörte die löbliche Ratsversammlung diese Vorlesung an. Kein Einziger, vom Stadtschreiber und ersten Ratsherrn an bis zum Weibel an der Tür, war da, der nicht das Maul noch zwei Minuten lang aufgesperrt behielt, auch da nichts mehr zu hören war. Selbst der regierende Bürgermeister, nachdem er Brief und Brille vor sich niedergelegt, behielt vom Vorlesen den Mund offen und starrte außer sich in die leere Luft hin.

Einige verwunderten sich über den Leibhund Sr. Durchlaucht, der schon in drei Sprachen bewandert war; andere über Hans Dampfs bisher unbekannt gewesene Geschicklichkeit, Tiere reden zu lehren; andere betrachteten mit Ehrfurcht die Würden und Ämter, zu welchen der Staatsbaumeister plötzlich emporsteigen sollte, da man gerade das Gegenteil erwartet hatte; andere zitterten nun vor der Rache des großen Mannes, der aus dem Gefängnis in die Nähe eines Thrones versetzt, Stadt und Republik Lalenburg in seiner Gewalt hatte. Die Totenstille des Erstaunens verwandelte sich plötzlich in ein heftiges Geschrei, weil jeder zuerst reden und zu Protokoll geben wollte, er habe in gestriger Sitzung gegen die Verhaftung des Staatsbaumeisters protestiert. Keiner war dabei verlegener, als der arme Stadtschreiber Mucker. Während die andern in Lobeserhebungen des göttlichen Hans Dampf ausbrachen, den sie den Stolz und die Zierde ihrer Vaterstadt nannten; während sie herrechneten, was sie ihm den Abend vorher aus treuer Anhänglichkeit durchs Gitterloch des Staatsgefängnisses von köstlichen Speisen und Getränken zugesteckt hatten, kaute Mucker seine Schreibfeder zuschanden, und machte Pläne, sich mit dem Erbfeind zu versöhnen.

Er trug also zuerst darauf an, eine Deputation des Rates müsse den fürstlichen Hofrat aus dem Gefängnis abholen und im Triumph zum Rathaus führen; hier müsse wegen gestrigen Mißverständnisses förmlich um Verzeihung gebeten, dem Hofrat der Ehrenplatz zur Rechten des regierenden Bürgermeisters eingeräumt und ihm das fürstliche Schreiben vorgelesen werden; dann wollte und sollte er, der Stadtschreiber nämlich, feierliche Abbitte tun und sich und die Vaterstadt in die Gewogenheit des erhabenen Mitbürgers empfehlen, damit Hans Dampf nicht gegen Lalenburg, wie Coriolan einst gegen Rom, zöge.

Man muß sich über diesen plötzlichen Umschwung der Gesinnungen gar nicht wundern. Mit den Umständen änderten sich bei ihnen Grundsätze, Freundschaften, Feindschaften, Versprechungen, Schwüre und Neigungen so sehr, daß die, welche gestern, im Glück aufgeblasen, dem andern Fußtritte gaben, heute vor dem Gleichen untertänigst auf allen Vieren krochen. Das hieß bei ihnen Weltlauf, Politik und Feinheit, und sie befanden sich recht wohl dabei, so schief es auch oft dabei ging.

Hans Dampf

Hans Dampf, der seine Mitbürger sehr gut kannte, saß wohlgemut und furchtlos zu Hause, wo ihn seine alte Haushälterin verpflegte. Er wußte sehr gut, daß in wenigen Tagen alles anders werden könnte; daß seine lieben Lalenburger, groß in Worten, klein in Taten, ihm, auch wenn er entdeckt werden sollte, kein Haar krümmen würden. Ohnehin tröstete ihn sein gutes Gewissen, denn er hatte dem Fürsten von Luchsenstein noch nie eine Fliege totgeschlagen.

Wie er aber von der treuen Haushälterin, die von Zeit zu Zeit ausging, Staatsneuigkeiten und Ratsverhandlungen zu erfahren, die seltsame Märe hörte, er sei zum Hofrat des Fürsten ernannt, um dessen Leibhund Unterricht in der deutschen Grammatik zu geben; die Ratsdeputation habe ihm im Staatsgefängnis vergebens ihre Aufwartung gemacht; die ganze Stadt wäre in außerordentlicher Bestürzung, sowohl wegen seines Verschwindens als wegen der unergründlichen Art desselben, da, aufs genaueste untersucht, Mauer und Gitterwerk, Nägel und Amtssiegel unversehrt gefunden worden: so bereute er fast seine Flucht.

Um also die Sache so bald als möglich ins Gleis zu bringen, kleidete er sich aufs prächtigste, zündete seine Tabakspfeife an, legte sich damit weit ins offene Fenster, rauchte ganz harmlos und grüßte freundlich die Vorübergehenden. Er erreichte damit seinen Zweck; denn jeder blieb stehen und gaffte verwundert herauf; das Gerücht flog wetterschnell durch die Stadt, der wunderbar verschwundene Hofrat rauche zum Fenster heraus seine Pfeife; alles lief hin, sich von der Wahrheit des Gerüchtes selbst zu überzeugen, je weniger man daran glaubte. In einer halben Stunde war die Gasse gedrängt voller Menschen von einem Ende bis zum andern; die Honoratioren der Stadt, in die Nachbarschaft zu Bekannten und Freunden geeilt, sahen rechts und links gegenüber, Kopf an Kopf gedrängt, zu den Fenstern heraus, während Schornsteinfeger, Maurer, Zimmerleute und freche Buben ihre bequemen Plätze auf den Dächern gegenüberstehender Häuser wählten, den neuen Hofrat zu sehen, der mit

eben so großer Neugier und Freude das Volksgewimmel betrachtete, wie er von demselben angestaunt wurde.

Mit unsäglicher Mühe arbeitete sich die Ratsdeputation durch das
Gewühl der Gaffer zu seinem Hause. Er empfing sie mit herablas-
sender Huld. Der Bürgermeister selbst hatte sich nun an ihre Spitze
gestellt und eröffnete seine Rede mit den Worten: «Hoch- und
wohlgeborner Herr fürstlicher Hofrat! Leider ist in unserer teuern
Vaterstadt wahr geworden, was jener spricht: kein Prophet gilt
weniger, als in seinem Vaterlande.» Aus diesem Text spann der
Konsul nun eine lange Glückwunschsrede, die sich mit schmei-
chelnden Komplimenten und Entschuldigungen wegen der gestrigen Übereilung eines wohlweisen Rates endete. Darauf ward das
Schreiben des Fürsten überreicht. Alle Ratsherren weinten Freudentränen. Der potenzierte Staatsbaumeister hielt ihm nun eine vortreffliche Gegenrede, die so lange währte, bis sich das Volk auf den
Straßen verlaufen und die Deputation vollkommen aufgehört hatte,
Freudentränen zu vergießen. Dann erschien der fürstliche Kutscher
und meldete, daß Se. Durchlaucht befohlen, der Hofrat solle noch
diesen Abend sich in der Residenz zur Audienz einfinden.

Da war nun nicht zu säumen. Der entzückte Hans Dampf packte
ein und saß nach einer Stunde schon in der fürstlichen Kutsche.
Eine ungeheure Volksmenge war wieder versammelt, ihn einsteigen
zu sehen. Jeder nahm in tiefer Ehrerbietung den Hut oder die Kap-
pe bei dem Anblick des goldverbrämten Kutschers und des be-
stäubten Reisewagens ab. Denn so stolz auch jeder Lalenburger auf
seine republikanische Unabhängigkeit und Freiheit war, und wiewohl auch der ärmste Teufel sich als freier Bürger einem König
gleich dünkte, hatte doch jeder Lalenburger immerdar eine gezie-
mende knechtische Ehrfurcht vor allem, was fürstlich war.

Hans Dampf mußte noch den gleichen Abend zu Sr. Durchlaucht.
Fürst Nikodemus war ein vortrefflicher Herr, dem nur ein Kaiser-
tum fehlte, um einer der größten Monarchen zu sein; so aber war er
nur ein kleiner mit großen Schulden. Zu seinen edelsten Vergnü-
gungen rechnete er, wie billig, die Jagd; und daraus läßt sich erklä-
ren, daß an seinem Hofe mehr Hunde als Menschen lebten. Gesell-
schaften liebte er sonst nicht. Obwohl er eigentlich kein Menschen-
feind war, äußerte er doch manchmal in vertrauten Zirkeln, daß er

viel darum geben würde, wenn er, mit Ausnahme des Jagdpersonals, alle seine lieben und treuen Untertanen in Hirsche, Rehe, Wildschweine, Hasen, wilde Gänse, Enten, Schnepfen, Rebhühner und dergleichen verwandeln könnte. Er glaubte, sie würden ihm dann mehr Vergnügen machen und Nutzen bringen.

«Hör Er einmal!» redete der Fürst seinen neugeschaffenen Hofrat an, der ihm in untertänigster Untertänigkeit den Rockzipfel küßte: «Ist Er's also, der die Hunde sprechen lehren kann? Sieht Er hier die Fidele? Schade, daß das arme Tier sich nicht mündlich auszudrücken versteht; aber, auf Ehre, was ich dem Geschöpf sage, begreift es.»

Darauf befahl Nikodemus dem Hunde auf deutsch, französisch und italienisch allerlei, und der Hund vollzog die Aufträge mit bewundernswürdiger Pünktlichkeit.

«He, was sagt Er dazu?» fragte der Fürst mit freudeglänzenden Augen.

«Wie Ew. Durchlaucht befehlen!» antwortete der Lalenburger.

«Hofft Er die Fidele zum Sprechen zu bringen?»

«Wenn man uns beiden Zeit genug läßt –»

«Daran soll es nicht fehlen. Hör er einmal, fange Er nur mit dem Deutschen an. Französisch kann nachher vorgenommen werden, wenn das Tier in der Muttersprache hinlängliche Progressen gemacht hat. Er kann hier im Schlosse bei mir logieren. Mein Haushofmeister soll Ihm ein Zimmer anweisen. Er muß sich nur erst das Tier recht attachieren, daß es gern bei Ihm bleibt. Wenn Er seine Sache gut macht, soll er noch schöne Recompense haben. Ich werde von Zeit zu Zeit nachfragen, wie es mit den Lektionen geht. Versteht Er auch französisch?»

«Ew. Durchlaucht, zum Unterricht der liebenswürdigen Fidele verstehe ich genug davon; doch wird mir die französische Sprache etwas mühsam zu reden, und zwar bloß wegen eines kleinen Fehlers meiner Zunge. Denn es geschieht zuweilen, daß sie das Wort nicht gleich herausbringen kann, was ich meine.»

«Und italienisch?»

«Ew. Durchlaucht, damit habe ich auf Universitäten guten Anfang gemacht, aber das ist leider schon lange her.»

«Nun, nun, so laß Er's, mon cher.»

«Ew. Durchlaucht, ich bitte untertänigst ab, ich habe sie nicht bei mir.»

«Was?»

«Die Schere.»

«Ei, ei, was Schere? Was macht Er da gleich für eine tolle faute?»

Der Hofrat besah sich schamrot die Hände und versteckte dieselben, weil er glaubte, Se. Durchlaucht rede von Seiner Pfote.

«Nun, geh' Er jetzt nur! Laß Er sich Sein Logement zeigen und sich brav Wurst aus meiner Küche geben, denn Fidele frißt sie gern. Damit gewinnt Er gleich ihr Herz.»

Der Hofrat merkte, daß ihm die Tür gewiesen sei, und nahte sich derselben unter vielen Verbeugungen rücklings, weil er nicht wider die Ehrfurcht fehlen und dem Fürsten den Rücken zukehren wollte. Dabei kam ihm aber unvermutet Fidele, ein derber Jagdhund, zwischen die Beine, und er stürzte so ungeschliffen rückwärts zu Boden, daß ihm die Füße im Aufschwung hoch über den Kopf emporfuhren. Hans Dampf ließ einen tiefen Seufzer fahren, der Hund schrie vor Schrecken laut auf, und Nikodemus lachte sich fast krank. «Nun, ihr fangt an, miteinander Bekanntschaft zu machen!»rief der Fürst, und der Hofrat lief unter Millionen Abbitten zur Tür hinaus.

In allen Gassen

Mit Beihilfe der Hofküche hatte sich Hans Dampf die Gewogenheit und das Zutrauen des fürstlichen Leibhundes vollkommen in Zeit von vier Wochen erworben. Von nun an erkundigte sich der Fürst öfters nach dem Gang des Unterrichts. Der schlaue Hofrat bemerkte jedoch Sr. Durchlaucht, daß ein Mensch selbst wohl vier, fünf Jahre gebrauche, ehe er reden lerne, und ein Kind vor Verlauf des ersten Jahres kaum einzelne Silben lallen könne. Nikodemus fand den Grund sehr vernünftig und mäßigte seine Ungeduld. Hans Dampf aber, dem sein Leben am Hofe sehr behaglich war, ließ sich's wohl sein, und empfand nur dann und wann einige Unruhe, wenn er dem Hunde tausendmal ein und dasselbe Wort gesprochen hatte und doch keine Frucht davon sah. Der Hund gaffte zwar seinen Lehrmeister aufmerksam an, schien aber zum Nachsprechen der Worte viel zu schüchtern zu sein.

Hans Dampf erinnerte sich zum Glück an einen Spaßmacher, den er unter den Studenten auf der Universität gekannt. Dieser pflegte seinem Pudel zuweilen die Schnauze zusammenzudrücken und ihn durch heimliches Klemmen zum Knurren und Murren zu bringen. Wenn er dann im richtigen Zeitmaß die Hand an der Schnauze ein wenig nachließ, entstand durch das Öffnen und Zusammendrücken derselben aus dem Rachen des mürrischen Pudels der deutliche Ton Ma Ma. Hans Dampf versuchte das gleiche bei Fidelen, und es gelang ihm über Erwartung.

Da Nikodemus nach einem halben Jahre den Hofrat ziemlich verdrießlich um Fidelens Fortschritte befragte, lobte der Lehrmeister seinen Zögling ungemein und erbot sich, von dessen erstem kindischen Lallen einige Proben zu geben. Der Fürst versammelte seine Vertrauten, und im Kreise derselben erschien der Hofrat mit einer sehr zuversichtlichen Miene, nebst seinem Zögling.

Vor allem aus bemerkte der Hofrat in einer langen, vortrefflichen Rede, voll seiner pädagogischen Bemerkungen, daß er im Unterricht genau den Gang der Natur beobachte, weil sie die beste Wegweiserin sei. Alle Künstelei in Unterricht und Erziehung sei Torheit und geisttötend und verderblich für die lebenden Geschlechter, wie für die ganze Nachkommenschaft. Nur durch die schlechte Einrichtung des ersten Unterrichts sei das Unglück aller Staaten, der Untergang großer Nationen entstanden und alles Unheil in der Welt. Nebenbei machte er Hoffnung, seine neuerfundene Buchstabiermethode menschenfreundlich bekanntzumachen, wenn man ihm das Geheimnis mit einigen und zwanzigtausend Gulden bezahlen würde, und erwähnte eines großen Entwurfs, eine neue Fibel, mit vielen Kupferstichen, nach seinem eigenen Ideale herausgegeben und seiner Durchlaucht dem Fürst Nikodemus, dem Mäzen und Beschützer der Wissenschaften und Gelehrten, zu dedizieren.

Darauf fuhr er fort, den Gang der Natur im Unterricht des menschlichen Geschlechts zu entwickeln. «Wen,» sprach er, «wen lernt das Kind zuerst unter allen Lebenden kennen, wen zuerst lieben? Es ist die Mutter. Und die Mutter ist es, deren Zärtlichkeit es auch zuerst durch sein Stammeln auf die rührendste Weise belohnt. Der süße Muttername ist der erste Klang, welcher den zarten, ungeübten Lippen des Kindes entschwebt! Und so begann auch ich bei unserer talentvollen, liebenswürdigen Fidele. – Nun, Fidele, komm her, sei artig und sage den hohen Anwesenden den Namen deiner Mutter.»

Bei diesen Worten nahm er den Hund schmeichelnd in den Arm, hielt ihm die Schnauze, kniff und stieß ihn von hinten, bis er zu brummen anfing und dann mit tiefer Baßstimme «Mama!» hören ließ. Alle Anwesenden brachen in ein lautes und fast unauslöschliches Gelächter aus, womit sie ihrem Beifall oder den Empfindungen ihres Erstaunens Luft machten. Des Hofrats gelehrter Ernst und Fidelens Baßstimme dazu gaben diesem pädagogischen Akt etwas sehr Feierliches. Aufgemuntert durch diese Fröhlichkeit, ließ der Hofrat den Leibhund sein Kunststück noch mehrere Male hintereinander machen, bis sich das Lachen der Gesellschaft in ein lautes Schreien verwandelte und der Fürst um Gottes willen bat, Fidele solle aufhören.

Se. Durchlaucht waren so entzückt, daß Höchst Sie den Hund an ihr Herz drückten und küßten, ja sich in der Freude bald so weit vergessen hätten, sogar den Hofrat zu umarmen. Dieser empfing die Glückwünsche des Hofes mit vieler bescheidenen Selbstgefälligkeit. Der Fürst gab seinem Hunde Zuckerbrot und munterte ihn auf in seinem Fleiße fortzufahren. Den Hofrat beschenkte er mit einer goldenen Schnupftabaksdose, worauf sich das Bild des Landesvaters befand. Hans Dampf, von Dankbarkeit begeistert, rief: «O, ich stehe dafür, der Hund Soll bald auch zu Ew. Durchlaucht Papa sagen können!»

«Dann bekommt Er neue Gehaltszulage!» erwiderte der Fürst und entließ den Hofrat in den gnädigsten Ausdrücken.

Mit dem Papa wollte es Hans Dampfen nun aber nicht so bald gelingen. Nach einigen Wochen, da sich Nikodemus wieder erkundigte, bemerkte ihm der Hofrat, Fidele werde unstreitig bald Junge werfen, und in solchem Zustande müsse man das arme Tier mit allen Geistesanstrengungen verschonen. Dies leuchtete dem Fürsten ein, und Hans Dampf gewann damit Zeit und ruhiges Leben, wenn er ruhiges Leben verlangt hätte.

Aber er war in der Residenz schon überall bekannt, vertraut und in hundert kleine und große Angelegenheiten verfädelt; sprach überall mit, keck, kühn, zuversichtlich und wie es ihm beifiel; wußte alles, entschied alles, veranstaltete alles. Sein Ansehen beim Fürsten stieg täglich, und aus dem Grunde bei allen Höflingen und Residenzbewohnern. Man hieß ihn schlechtweg nur den Liebling. Der Stadtrat von Lalenburg ordnete auch regelmäßig alle vier Wochen Deputationen an ihn ab, um sich nach dem Wohlsein des erhabenen Mitbürgers zu erkundigen, nannte ihm zu Ehren die enge Gasse, worin sein väterliches Haus stand, die Dampfgasse, und hing sogar, in Ermangelung seines Bildnisses oder seiner Büste, im Ratssaale seinen Schattenriß auf.

Selbst die geheimen Kabinettsräte des Fürsten machten sich an ihn, um durch ihn auf Se. Durchlaucht einzuwirken, besonders da es um eine neue allgemeine Landessteuer zu tun war, welche Nikodemus zur Fortsetzung seines löblichen Aufwandes eintreiben wollte. Da die geheimen Räte sehr gegen die Ausschreibung der Steuer arbeiteten, weil das Volk schon genug von Abgaben aller Art gedrückt war, wandten sie sich auch an Hans Dampf und baten ihn im Namen des schwer gedrückten Landes, den Fürsten zu bewegen, von seinen Forderungen abzustehen.

«Nichts leichter, als das, meine Herren!» sagte der Hofrat mit der ihm eigenen Zuversichtlichkeit und begab sich zum Fürsten.

«Aber, hör Er einmal,» sagte Nikodemus zu ihm, «ich muß doch Geld haben. Schaff' Er nur Geld, so brauche ich keine Auflagen zu machen.»

«Nichts leichter, als das!» erwiderte der Hofrat. «Wieviel befehlen Ew. Durchlaucht?»

«Je mehr, je besser.»

«Vortrefflich. Ew. Durchlaucht müssen nur einen kleinen Bandhandel anfangen, der trägt ungeheure Summen Goldes ein.»

«Einen Bandhandel? Hör Er einmal, Er ist nicht ein Hans Dampf, sondern ein Hans Narr; ich bin kein Bändeljude.»

«Ew. Durchlaucht geruhen nur die halbe Elle Band zu hundert Nikodemusd'or zu verkaufen, so – –»

«Wer zahlt mir das?»

«Wenn Ew. Durchlaucht einen neuen Ritterorden stifteten, zum Beispiel zu Ehren des Jäger-Heiligen – so etwa einen St. Nimrodsorden; wenn jeder Nimrodsritter das Recht empfängt, ein grünes Bändchen im Knopfloch zu tragen, woran von Gold das Bild kreuzweis gelegter Jagdflinten, umfangen von einem Waldhorn, hängt, statt des Ordenskreuzes; wenn jeder den Ritterschlag mit dem Weidmesser empfängt, der hundert Nikodemusd'or zahlt und für den großen Orden tausend Nikodemusd'or Einschreibgebühren – wenn man dabei allerlei Ordensfeierlichkeiten anbringt – ich weiß noch aus Universitätsjahren, welche Wirkung das macht – –»

«Hör Er einmal,» unterbrach ihn plötzlich der Fürst: «Er ist wahrhaftig kein Hans Narr. Wir wollen das Ding überlegen. Bestelle Er in der Fabrik sogleich Band und laß Er die Kreuzdinger von den Goldschmieden dazu machen. Ich will Ihn bei diesem Nimrodswesen zum Ordenskanzler anstellen.»

In der Tat hätte keine Auflage den fürstlichen Kassen so viel Geld eingebracht, als dieser Bandhandel, wie ihn der Lalenburger etwas unschicklich nannte. Denn kaum erschien der Fürst und sein Halbbruder, der Graf von Krähenburg und Hans Dampf der Ordenskanzler mit dem Nimrodsband; kaum erfuhr man, daß, wer die etwas hohen Einschreibgebühren erlegen könnte, zum Nimrodsritter gesteigert werde: so entstand zur Ordenskanzlei ein unerhörtes Gedränge. Jeder brachte seine Nikodemusd'or für eine halbe oder zwei Ellen Band; denn keiner wollte dem andern im Range nachstehen. In kurzer Zeit trugen selbst Perückenmacher das kleine grüne Band. Dies empörte den gerechten Stolz des Adels und anderer Reichen des Landes. Wie konnten sie mit gemeinen Leuten gleichen Ranges sein? Sie verkauften lieber Haus und Hof, damit sie am breitern Bande den großen Nimrodsorden tragen konnten. Das ganze Land ward voll grüner Bänder und Schulden. Fürst Nikodemus schwamm in Freuden; aber seine treuen Räte verwünschten den erfinderischen Witz des neuen Ordenskanzlers und zogen daraus die Lehre, man müsse keinen Hans Dampf zum Finanzminister und keinen Bock zum Gärtner setzen.

Hans Dampf

Hans Dampf hatte aber gerade so viel und so wenig Gewissen, wie ein großer Staatsmann haben soll, der lieber seine Provinz, als einen seiner Einfälle umkommen läßt, und dem gar behaglich zumute sein kann, wenn auch einem ganzen Volke bei seiner Staatsklugheit höchst übel ist. Als ihn eines Tages einer von den treuen Fürstenräten auf die traurigen Wirkungen der Nimrodswut aufmerksam machte, erwiderte er: «So wahr ich Hans Dampf heiße, alles Gute hat sein Böses, alles Böse sein Gutes. Wenn es aber Gesetz wäre, daß ein Staatsmann allen Klagen im Lande ein Ende, oder ein Arzt alle seine Kranken gesund machen müßte: wer möchte wohl Staatsmann oder Arzt werden wollen? Darum, lieber Freund, laßt uns getrost sein. Der liebe Gott hat die Welt so vortrefflich geschaffen, daß unsereins lange daran herumpfuschen kann, ehe er etwas verpfuschert!» Wirklich mochte diese große Maxime nirgends besser bewährt worden sein, als im Luchsensteinischen. Denn da waren seit mehr denn hundert Jahren abwechselnd alle möglichen und unmöglichen Staatstheorien versucht worden, ohne daß das Land darum öde und menschenlos geworden wäre, jeder neue Fürst oder Minister machte neue Ordnungen und schaffte die alten ab; der eine baute Klöster, der andere machte Kasernen daraus; der eine legte für Staatsrechnung Fabriken an, der andere verkaufte die junge Mannschaft regimenterweise, gleich andern Landesprodukten, und hob die Fabriken auf; der eine wollte aus seinem Staate ein großes Harem, der andere daraus einen einzigen Tiergarten machen. Item, die Menschen mehrten und nährten sich dabei nach wie vor, sobald sie nur einmal die große Wahrheit recht beherzigt und sich daran gewöhnt hatten, daß sie zum Vergnügen ihrer Herren und nächstdem auch zu ihrer eigenen Freude geboren wären, übrigens dem neuesten System gemäß heut links, morgen rechts, heut vorwärts, morgen rückwärts marschieren müßten. Auch konnte alles Unheil des Nimrodsordens nichts an der Ehrfurcht, Hochachtung, Liebe und Bewunderung vermindern, mit welcher man dem Ordenskanzler begegnete, wo er sich blicken ließ. Denn er war die Rechte des angebeteten und von seinem Volk vergötterten Fürsten.

Es fehlte ihm dabei nicht an Neidern, aber er bemerkte sie kaum. Auch war er in der Gnade seines Herrn so fest, daß er in den Augen desselben seinen Wert nicht verlor, selbst als die genialistische Fidele krank ward und starb. Ohne Zweifel war das arme Tier das Opfer einer Verschwörung und Hofkabale geworden. Denn der Leibarzt hatte am Leibhund Spuren einer Vergiftung bemerkt, und geflissentlich brachte man das Gerücht vor die Ohren Sr. Durchlaucht, es möge der Ordenskanzler seinen Zögling wohl selbst aus der Welt geschafft haben, um ihn nicht reden lehren und am Ende gestehen zu müssen, daß er nur ein leerer Prahler sei und die Kunst nie verstanden habe. Hans Dampf hatte zu aufrichtige Tränen um Fidelens Tod geweint, und der ganze Hof zu unverhohlene Gleichgültigkeit beim Absterben des edeln Tieres bewiesen, als daß Nikodemus durch boshafte Verleumdungen hätte getäuscht werden können. Im Schloßgarten, unter Tränenweiden und Zypressen, ward dem unvergleichlichen Hunde ein marmorner Obelisk errichtet, und dazu einer der berühmtesten Bildhauer Italiens verschrieben.

Man kann zwar nicht sagen, daß Hans Dampf eigentlich Freunde gehabt hätte; aber wer hat denn am Hofe und in der großen Welt Freunde? Oder wer könnte einzelner Menschen Freund sein, der, wie ein Hans Dampf, aller Welt angehört? Dabei verlor jedoch der Ordenskanzler nichts. Er war jedermanns Vertrauter. Nicht nur der Fürst, sondern auch dessen Halbbruder, der Graf von Krähenburg, nannte ihn seinen Allesmacher. Jeder lächelte ihm, er jedem zu. Selbst die schönen Luchsensteinerinnen lächelten. Allein er war auch ein liebenswürdiger Mann, der nichts übel nahm und der sein ganzes Vergnügen darin fand, die Freuden anderer zu vermehren.

Freilich gelang ihm das nicht immer vollkommen, und dann hatte er gewöhnlich nachher Todesverdruß und Undank für seinen besten Willen. Ich will nur zum Beispiel die Geschichte eines einzigen Tages erzählen.

In allen Gassen

Der Graf von Krähenburg hatte lange Zeit eine kleine Liebschaft in der Residenz gehabt. Fräulein Sabine, eine niedliche Brünette, fand sich durch die Anbetung des Grafen sehr geschmeichelt, und veranstaltete gar gern dann und wann mit ihm geheime Zusammenkünfte, um sich unter vier Augen bewundern zu lassen. Ihr Vater kam dahinter, nahm dies sehr übel und gab den vielbewunderten Korallenlippen seiner Tochter einige höchst prosaische Maulschellen. Herr von Quast, so hieß er, zwar nur ein gemeiner Edelmann, aber uralten Adels, hielt es für schimpflich, daß die Enkelin jener Helden, die schon Kaiser Karls des Großen Kammerdiener gewesen, nun zu einer flüchtigen Liebschaft oder Maitressenschaft eines apanagierten Herrn dienen sollte. Auch hütete er von der Zeit an seine minder ahnenstolze Tochter so strenge, daß sich die Liebenden kaum alle Wochen einmal in der Kirche verstohlen ansehen konnten. Natürlich geriet der Graf darüber in billige Verzweiflung, offenbarte dem Ordenskanzler sein Leiden und versprach ihm goldene Berge, wenn er bewirken könnte, ihn nur ein einziges Mal mit seiner Schönen wieder zusammenzubringen. – «Nichts leichter, als das!» sagte Hans Dampf und suchte sogleich Fräulein Sabinen in einer Gesellschaft. Sie bemerkte errötend dem getreuen Vertrauten ihres Geliebten, daß sie nichts mehr ohne Vorwissen ihres Vaters wagen könne; würde er aber ein Mittel wissen, ihren strengen Vater zu bereden ... «Nichts leichter, als das!» rief Hans Dampf und begab sich folgenden Tages zum Herrn von Quast, sprach von der Liebe des Grafen zu Sabinen so rührend, machte ihm so ernste Vorstellungen von den gefährlichen Folgen, welche seine Strenge für die unglücklichen Liebenden haben würde, daß der stolze Alte nicht anders konnte und die Liebe des Paares billigen mußte, insofern der Herr Graf seiner Tochter in Gegenwart der Eltern die Ehe geloben würde.

«Nichts leichter, als das!» sagte der Abgesandte. «Machen Sie das mit dem Grafen nur selbst ab. Ich werde ihm – denn er ist seit gestern zu Krähenburg – auf der Stelle schreiben, er solle diesen Abend um acht Uhr Fräulein Sabinen seine Aufwartung machen; alle Hindernisse wären gehoben.» Seines gelungenen Werkes froh, schrieb er auch dem Grafen sogleich, er solle nicht fehlen. Es kam ihm nicht in den Sinn, daß der Graf, weit entfernt an feierliche Verlobungen zu denken, nur ein einsames Stündchen mit der Geliebten in deren Boudoir zu verplaudern hoffte. Herr von Quast hingegen, nun er die förmliche Anwerbung des fürstlichen Bruders um Sabinen vernommen, lud auf den gleichen Abend die gesamte Familie der Quaste zu einem prachtvollen Gastmahl, und Sabine im höchsten Schmuck im Kreise von vierzig Vettern, Muhmen, Basen und andern Verwandten erwartete ihren Liebhaber mit triumphierendem Herzen, der doch nur auf ein bescheidenes Schäferstündchen Anspruch gemacht hatte. Er kam am Abend, halb verkleidet, im schlichten Überrock, diebisch leise und heimlich ins Quastische Haus; fluchte heimlich auf die brennenden Laternen; verbarg sich in einem Winkel an der Treppe, weil der Bedienten zu viel umher liefen, und lauerte, bis er endlich Sabinens ihm wohlbekannte und vertraute Zofe ersah. Auf seine leise Frage, in welchem Zimmer das Fräulein zu finden sei, führte ihn die Dienstbare dahin. Aber wer kann das Entsetzen schildern, als die Tür aufging und der Graf, statt an die Brust der einsamen Geliebten zu fliegen, in den großen, kerzenhellen, menschenvollen Prunksaal hineinstolperte, wo ihn Alles erwartete und mit Bücklingen und Knixen umringte. Allerdings hätte Hans Dampf dem verblüfften Fürstenbruder die grausame Verlegenheit ersparen können, wenn er demselben, statt weniger schriftlicher Worte, mündlichen Bericht von seiner Sendung gemacht hätte. Allein der Ordenskanzler hatte selbst eine Liebschaft, und gleichen Tags den Plan gemacht, seine Huldgöttin auf die allerartigste Weise von der Welt zu überraschen. Die Huldgöttin war wirklich ein hübsches Mädchen, noch dazu eine Landsmännin, des Apothekers Quirl von Lalenburg Tochter, Namens Johanne, die zu einer alten, reichen Tante nach Luchsenstein gekommen war und bei derselben lebte, um sie zu beerben. Die alte Tante war aber eine grämliche Tante, die viel betete, und ihre Nichte, statt zu Konzerten, Bällen und Schauspielen, nur in die Betstunden der Frommen und Heiligen führte. Die alte Tante schien es auch garnicht gern zu sehen, wenn der windige Landsmann, wie sie ihn nannte, gar zu oft bei der schönen Landsmännin zusprach. Das tat diesem sehr leid. Er benutzte also jeden Anlaß Johannen zu sehen.

So sah er sie auch am Morgen dieses Tages, freilich nur sehr vorübergehend und nur im Begegnen auf der Straße. Er brachte die Rede auf seinen Wunsch zu einem Abendbesuch. Sie zuckte die Achseln und bedauerte, diesen Abend außer dem Hause in einer Gesellschaft von Freundinnen zu sein, die wöchentlich in einem bestimmten Lokale zusammenzukommen pflege. Aus weiblicher Eitelkeit mochte sie nicht gern gestehen, daß sie mit der Tante eine Andachtsstunde besuche. «Und wo?» fragte der Hofrat. Sie nannte das Haus. «Wird getanzt?» – Sie lächelte errötend und sagte: «Leider nicht! Höchstens wird gesungen.» – Er fuhr fort: «Ist es auch einem ungebetenen Freund erlaubt, dabei zu sein? Denn wenn ich Sie nur sehen kann, wo es auch sei, bin ich glücklich.» Sie errötete, stammelte ein: «Ich weiß nicht!» und entwischte. Hans Dampf aber, als ein guter Lalenburger, nahm das Erröten und Lächeln der Lalenburgerin für Einladung und stummen Ausdruck geheimen Wunsches. Sogleich tat er sich mit einigen jungen Herren aus der Stadt zusammen, ohne anders die Abendgesellschaft der jungen Dame durch Seine Gegenwart zu verschönern. Die Zudringlichkeit hoffte man, wo nicht zu rechtfertigen, doch einigermaßen durch eine Aufmerksamkeit anderer Art zu vergüten. Man wollte heimlich Musik bestellen, und die jungen Herren, die ohne Zweifel alle unter den Damen ihre liebenswürdigen Bekanntinnen haben würden, sollten in Ballmasken erscheinen. «Wenn dann die Frauenzimmer,» sagte Hans Dampf, entzückt von seinem Plan, «wenn sie dann bei ihren Teetischen, oder beim Spiel, oder bei langwierigen Salbadereien dasitzen, und urplötzlich vor der Tür ein lieblicher Walzer erklingt, und wir nun maskiert eintreten, die jungen Schönen auffordern – da wird sich keine mehr halten können und alles vergessen und vergeben sein. Es versteht sich übrigens, unsere Entschuldigung machen wir hintennach.»

Alle freuten sich auf das angenehme Abenteuer. Musik und die auserlesensten Ballmasken wurden bestellt und zwar im tiefsten Geheimnis, desgleichen Ort und Zeit der Zusammenkunft in der Dunkelheit des Abends. Als der ersehnte Augenblick erschien, war Hans Dampf der erste auf dem Weg. Die Musikanten fanden sich ein; die Tänzer maskierten sich und schlichen, in ihre Mäntel gehüllt, zu dem bestimmten Hause, wo ihnen schon von ferne die Reihe hellerleuchteter Fenster den Saal der Assemblee verriet. Der

Türhüter, auf die Frage, wo das Zimmer der Versammlung sei, wies die Herren zurecht, obgleich nicht wenig über die mitkommenden Musikanten erstaunt, weil die Frommen beiderlei Geschlechts bisher zu ihren Erbauungsstunden nie Pfeifen, Geigen und Waldhörner gebraucht hatten. Auf den Zehen näherte man sich der Tür des Saals, warf die Mäntel ab, legte die Larven vor und bereitete sich in tiefster Stille. Währenddessen saß im Saal die kleine Gemeinde auserwählter Christen und Christinnen in gottseliger Andacht beisammen und hörte den erbaulichen Vortrag eines ihrer Vorsteher über die Freuden und Seligkeiten des himmlischen Jerusalems an, wo das Lämmlein mit der Siegesfahne throne. Die guten alten Mütterchen mit gefalteten Händen, die frommen Betbrüder mit auf den Achseln niederhängenden Köpfen, saßen längs den Wänden herum und ließen nur zuweilen einen stillen Seufzer der Sehnsucht nach dem überirdischen Zion ertönen. Hingegen die jüngern Frauen und Jungfrauen fühlten sich erst mächtiger ergriffen, als der Redner die Schönheit der Engel schilderte, das Schweben der Cherubim um den Thron der Herrlichkeit und das feierliche Halleluja und den Gesang der Sphären.

In diesem Augenblick begannen die Musikanten vor der Tür des Saals einen lustigen Walzer, erst gar leise und sanft, dann immer steigender und lauter. Die gottesfürchtige Versammlung glaubte am Anfang wirklich den Gesang der Sphären zu vernehmen; Selbst der Vorsteher ward in seiner Rede feuriger und glänzte in stillem Entzücken. Die jüngern Christinnen, mit ihrem Geiste im himmlischen Zion, zuckten mit den Füßen nach dem Walzertakt, wie sich denn auch das frömmste Mädchen dessen nicht beim Anhören der schlechtesten Tanzmusik enthalten kann. Als nun aber die Waldhörner dazwischen brausten und die Spährentöne gar zu irdisch klangen, verstummte der Redner, und die Gemeinde der Auserwählten begriff weder, woher diese weltliche Eitelkeit, noch wohin sie führen werde.

Plötzlich flogen die Türen des Betsaals auf, sechs bis acht leichtfüßige Masken herein, die Musikanten geigend und blasend ihnen nach. Während sich diese stellten, hüpften jene mit fröhlichen Verneigungen durch den Saal, und die ganze Versammlung der andächtigen Lämmleinsverehrer saß wie zu Bildsäulen versteinert beim Anblick dieses unerwarteten Schauspiels da. Hans Dampf und seine Gefährten, die nun einmal zum Tanz kamen, achteten weder auf die Überraschung der Anwesenden, noch daß fast alle ein Gebetbuch in der Hand hielten. Am wenigsten fiel ihnen das Geschäft und die heilige Bestimmung dieser frommen Zusammenkunft bei. Einzig war ihnen unangenehm, nur zwei bis drei junge Frauenzimmer, sonst nichts als sehr ehrwürdige Matronen zu erblicken. Hans Dampf nahm Johannen; die andern jungen Damen wurden aufgefordert, und weil nun aus der Not eine Tugend gemacht werden mußte, bequemten sich die übrigen Tänzer auch zu den alten Mütterchen. Daß sich die Frauenzimmer ein wenig sträubten, fand man ganz natürlich; aber man zog sie mit sich hin; die Tanzmusik ging rasch fort und so kam man ins Walzen gern oder ungern. Dies alles geschah in solcher Schnelligkeit, daß keines zur klaren Besinnung kam. Der übrige Teil der frommen Versammlung konnte im Erstaunen weder Bewegung noch Sprache finden. Nur eine von den betagten Tänzerinnen, die sich durchaus nicht in den wirbelnden Schwung des Walzers fügen wollte, und die ganze Erscheinung für eine förmliche Versuchung von Seiten Beelzebubs ansah, störte den begonnenen Gang der Dinge auf eine geräuschvolle und entscheidende Weise. Es war die verwitwete Oberhofköchin, eine gottesfürchtige, breite, handfeste Dame. Sie hatte von den Tänzern gerade den lustigsten Springinsfeld bekommen, der, so sehr sie auch arbeitete, seiner los zu werden, wie eine Klette an ihr hing, sie mit sich herumzerrte und um sie her hüpfte. Wütend drang sie endlich gegen ihn ein, und mit einem Stoß lag er zur Erde gestreckt, doch nicht ohne ihm im Fallen Gesellschaft zu leisten. Ihr lästerliches Geschrei erweckte nun auch die übrigen Frommen zum Aufruhr gegen die Entweiher des heiligen Ortes. Herren und Frauen griffen zu den Gebetbüchern und rückten in zwei Kolonnen gegen die Tänzer und gegen die Musikanten. Die Tänzer, erstaunt, sich ebenso unartig als undankbar behandelt zu sehen, ließen ihre Damen fahren und fingen an, Erklärung und Entschuldigung zu geben und zu fordern. Nicht also ging es im Orchester. Denn da ein an den Ecken massiv mit Silber beschlagenes Gesangbuch als Wurfgeschütz in den Bauch der Baßgeige gefahren war, säumte der erboste Musikus nicht, den Tod seiner brummenden Freundin zu rächen und fuhr mit dem Fidelbogen unbarmherzig gegen die erbitterten Angreifer aus. Auch die übrigen Tonkünstler sahen sich gezwungen, aus

Notwehr ihre Violinen, Bratschen, Waldhörner in Waffen zu verwandeln.

Nur mit großer Mühe konnten die Bedächtigern beider Parteien das Handgemenge enden. Die Tänzer erklärten, wie ihre Absichten so wohlgemeint gewesen, baten wegen ihres Irrtums um Verzeihung, und Hans Dampf, der am Ende von allem Unfug der Urheber gewesen, mußte sich gefallen lassen, sämtlichen verursachten Schaden zu tragen. Man war noch großmütig genug, ihm die Entrichtung von Schmerzensgeldern zu erlassen, ungeachtet keiner ohne Schmerzen und blauen Flecken davongegangen war.

Hans Dampf

Folgenden Tages gab die Geschichte großen Lärm in der Stadt. Dazu kam noch das verdrießliche Schicksal des Grafen von Krähenburg in der Familie der Quaste. Denn auch hier war es zu Erklärungen und alle Schuld auf den Hans Dampf gekommen. Alle Welt schimpfte. Nur Fürst Nikodemus lachte aus vollem Halse. Der Graf hingegen fluchte und wetterte gegen den ungeschickten Unterhändler und wollte nichts mehr von ihm hören; ließ ihm auch sein Haus auf immer verbieten. Die fromme Tante von Johanna Quirl tat desgleichen und schickte ihre Nichte sogleich zu ihrem Vater nach Lalenburg zurück.

Der Ordenskanzler ließ sich aber das alles nicht anfechten. Seiner Unschuld und guten Absichten bewußt, wandelte er seinen Weg freudig fort und tröstete sich damit, daß Undank der Welt Lohn sei und die Handlungen großer Männer gewöhnlich von den Zeitgenossen verkannt werden. Solange er übrigens in der Gnade des Fürsten stand, war er für Hof und Stadt ein höchst achtungswürdiger Mann, dem jeder schmeichelnd entgegenkam, dessen Worte Göttersprüche waren.

Se. Durchlaucht der Fürst setzte so großes Vertrauen in den Ordenskanzler, daß er denselben sogar mit in die Gesandtschaft ernannte, welche bestimmt war, die Prinzessin von Mäusenheim, künftige Gemahlin des Herrschers von Luchsenstein, vom Hofe ihres Vaters abzuholen. Weil die übrigen Gesandten meistens uralte Herren waren, hatte Hans Dampf viel Gnade bei der Prinzessin. Jugend ist zuweilen große Tugend. Die Prinzessin war übrigens mit ihrer Gnade nicht allzu wohlfeil, denn sie hatte mancherlei wunderliche Launen, wie sie einer schönen Prinzessin wohl anständig sind. Da sie nun sehr geneigt war, alle Tage eine neue Laune zu haben, weil eine beständig gleiche Laune keine Laune mehr ist: so fiel es ihren Umgebungen oft ziemlich schwer, die rechte zu erkennen. Sie war sehr reizbar und nervenschwach; darum liebte sie besonders alles Sanfte und Zarte, vielleicht deswegen auch vor allen Dingen ihre Katzen. Sie hatte beständig die schönsten und freundlichsten dieser lieben Tiere in ihrem Gefolge; Katzen von allerlei Größe, von allerlei Farbe. Jede ihrer Hofdamen hatte zwei bis drei Katzen zu verpflegen.

Da nun der Fürst mit gleicher Huld den Hunden, wie die Fürstin den Katzen zugetan war, besorgte man, des bekannten Sprichworts von Hunden und Katzen wegen, die künftige Ehe dürfte nicht zu den allerseligsten unterm Monde gehören. Trotzdem, wie auch ganz billig, wurden auf die hohe Vermählung unzählige schmeichelhafte Gedichte verfertigt, Reden gehalten, Sinnbilder gemalt, alle voller Weissagungen eines goldenen Zeitalters, da sich die Kraft mit der Anmut, Weisheit mit der Schönheit einige, wie das nun immer so der Fall zu sein pflegt. Viele gute Dinge in der Welt sind überhaupt eigentlich nichts als bloße Redensarten.

Das Ansehen des Ordenskanzlers bei der Prinzessin von Mäusenheim, deren Beilager mit Nikodemus auf einem Grenzschlosse vollzogen ward, erhob das Ansehen des edlen Hans Dampf mehr als je. Was er daher zu sagen oder zu schreiben beliebte, ward begierig von allen Hörern, Sagenhörern, Lesern und Nichtlesern aufgefaßt und wiederholt, sogar in Zeitungen nachgedruckt. Weil Hans Dampf nun die herrliche Gabe hatte, ungemein redselig und wortreich zu sein, so war es im Grunde immer der Geist oder das Wort Hans Dampfs, welches die öffentliche Meinung leitete. In der Residenz las man mit Entzücken seine Beschreibung von den Reizen der künftigen Landesmutter, von ihrer zärtlichen Liebe für die Katzen und daß man bei ihrem feierlichen Einzuge in die Residenz außer der Illumination vorzüglich auf Präsentation von schönen Katzen denken müsse. Das ließ man sich gesagt sein, jeder wollte nun die schönsten dieser Tiere haben, weiße, getigerte, schwarze, braune, graue, dreifarbige, um sich bei der Fürstin zu empfehlen. Man verschrieb Katzen von nahe und fern, und ungeachtet deren viele ankamen, gab es doch eine wahre Katzenteurung zehn Meilen weit in der Runde.

In allen Gassen

Der Einzug des jungen Ehepaars in die Residenz war ungemein
prachtvoll; Triumphbogen an Triumphbogen verfinsterten beinahe
alle Straßen. Nicht nur waren in jedem Bogen sehr geschmackvolle
Gemälde von Katzen zur Augenweide der Fürstin angebracht, sondern einige der Triumphpforten bestanden aus einer sinnreichen
Verkettung allerliebster kleiner ausgestopfter Katzen, die einander
zu jagen schienen. Aus allen Fenstern ließ man Katzen sehen, die
sich jedoch meistens übel geberdeten und schrien, ohne Zweifel aus
unnötiger Furcht, herabzufallen. Dies allgemeine Miauen der Katzen ward für diese Tierart gewissermaßen ansteckend und so stark,
daß die kleinen Kinder davor heftig erschraken und ihr Geschrei in
die herrschende Tonart mischten. Die fürstlichen Jagd-, Wind- und
Hofhunde, welche vor dem Wagen herliefen, wie auch alle übrigen
bürgerlichen Hunde, die sich aus Neugier, wie andere Zuschauer,
von ungefähr auf den Straßen befanden, sahen und hörten mit gerechtem Erstaunen an allen Fenstern die zahllose Menge ihrer natürlichen Erbfeindinnen und gerieten in große Bewegung. Einige
sprangen bellend rechts und links, andere vor Wut heulend gegen
die Mauern der Häuser auf, andere kläfften aus Nachahmung oder
Sympathie den übrigen nach.

Man hatte bei dieser vorlauten Konversation der Hunde und Katzen die größte Mühe, sein eigenes, menschliches Wort zu verstehen.
Einige Zuschauer, um die ehrfurchtsvolle Stille wieder herzustellen,
riefen: «Hunde weg!» Andere schrien dagegen: «Katzen weg!» Und
im Eifer aller erhob sich ein Gebrüll von Tönen der verschiedensten
Art, daß beinahe die Rosse scheu wurden. Man mußte sie wirklich
halten, besonders da unter dem Hauptehrenbogen in der Mitte der
Stadt der Magistrat, wie man zu sagen pflegt, en corps, oder leibli-
cher Weise, erschien, und der Amtsbürgermeister das Entzücken
des Landes in einer vortrefflichen, von ihm selbst verfaßten Rede
auszusprechen hatte. Auch stellte er sich dem fürstlichen Paare, das
im Prunkwagen beisammensaß, gegenüber und hob die Rede an.
Allein des Geschreies, Bellens, Miauens, Rufens war um ihn her so
viel, daß er wohl merkte, ohne höchste Anstrengung seiner

Sprachwerkzeuge wäre es hier um die Pracht seiner Rede, um die überraschendsten Gegensätze, Blumen und Vergleichungen getan. Zum Glück war er ein baumstarker Herr, dem es nicht an Stimme abging, da er im Rate seit zwanzig Jahren gestimmt hatte. Er überschrie auch wirklich das ungeheure Getöse sehr glücklich und ward dabei kirschbraun im Gesicht. Die nervenschwache Fürstin im Wagen hielt sich aber in wahrhafter Seelenangst beide Hände vor die Ohren, und Nikodemus donnerte und wetterte rechts und links aus dem Kutschenschlage. Inzwischen glaubte das Volk, weil man bei dem allgemeinen Toben kein einziges Wort verstand, der Fürst bezeuge nur die Empfindungen seines Dankes gegen die Liebe der treuen Untertanen und jauchzte nun desto ärger ein feierliches Vivat und Lebehoch dazwischen. Auch las man in allen Zeitungen und Journalen jener Tage gedruckt, wie groß der Jubel des Volks, wie herzlich die Erkenntlichkeit des Landesvaters und wie innig die tiefe Rührung der Fürstin gewesen sei, denn in der Tat fing sie, da sie keine Hilfe finden konnte, vor Zorn an zu weinen. Der redende oder vielmehr schreiende Amtsbürgermeister nahm den größern Teil dieser köstlichen Tränen auf Rechnung seiner wirklich erschütternden Rede, wandte sich nun vorzugsweise gegen die Fürstin, welche er noch einschaltungsweise mit allen Göttinnen des hohen Olymps verglich, und endete nicht, bis er die letzte Phrase glücklich angebracht hatte.

Darauf jagte der fürstliche Wagen in vollem Galopp zum Schlosse. Allen sausten die Ohren noch zwei Stunden nachher davon, am meisten der nervenschwachen Fürstin. So ohrenkrank war sie, daß kein Mensch sie mehr laut anreden, sondern nur leise flüstern durfte und sie keinen größeren Kummer hatte, als daß sie am Abend noch einem Konzert der fürstlichen Hofkapelle beiwohnen sollte. Zwar hatte, aus zärtlicher Rücksicht für die junge Gemahlin, Nikodemus dem Kapellmeister selbst verboten, Blasinstrumente, selbst Flöten nicht, anzuwenden. Dennoch beruhigte sie das nicht, und sie äußerte sich gegen den Ordenskanzler im Vertrauen, daß, da nun einmal das Konzert sein müsse, sie ihm die größte Verbindlichkeit haben würde, wenn er die Kapelle bewegen könnte, so leise zu spielen, daß man es kaum höre.

Hans Dampf war dazu bereit, aber fand bei der Kapelle über das beständige Pianissimo heftigen Widerspruch. Man weiß, Künstler haben ihren Eigensinn. Der Kapellmeister verhieß zwar, die Instrumente vor Erscheinung des fürstlichen Paars stimmen zu lassen, um Hochdero Ohren mit den unleidlichen und unvermeidlichen Dissonanzen zu verschonen; versprach auch eine andere Auswahl der Tonstücke zu treffen, wobei es leise genug hergehen könne; aber eine etwas geräuschvolle, brillante Ouvertüre wollte er sich schlechterdings nicht nehmen lassen, weil er sie selbst gesetzt und schon daraus Trompeten, Pauken, Fagotts, Klarinetten und andere Blasinstrumente weggestrichen hatte.

Natürlich setzten diese Äußerungen des unerbittlichen Kapellmeisters den dienstbeflissenen Ordenskanzler in große Verlegenheit, doch hoffte er noch einen Mittelweg ausfindig zu machen. Und er fand ihn wirklich. Um den scharfen, nervenerschütternden Strich der Geigen einigermaßen zu mildern, schlich er sich vor Ankunft des Hofes ins Orchester und seifte in großer Geschwindigkeit alle Violinenbogen ein. Der Hof kam. Die Künstler der Kapelle traten aus dem Nebenzimmer ins Orchester. Jeder nahm seinen gebührenden Stand ein, der Kapellmeister voran. Dieser hob den papiernen Kommandostab, und auf seinen ersten Wink sollten sich die Harmonien der brillanten Ouvertüre rauschend ergießen. Diesmal aber behielt Hans Dampf Recht.

Zwar fuhren unter dem ersten Wink des Kapellmeisters alle Fidelbogen mutig auf den Geigen ab und auf; aber es ward kein Ton laut und eine furchtbare Todesstille herrschte. Der Kapellmeister warf einen grimmigen Blick auf seine Kunstgenossen, hob den Arm noch einmal und winkte, mit einem starken Druck des Leibes, von neuem. Alle Violinen setzten sich von neuem in Bewegung; doch blieb das zweite Manöver so fruchtlos wie das erste. Das fürstliche Auditorium fürchtete mit Taubheit geschlagen zu sein. Der Argwohn des Kapellmeisters, daß man aus Neid ungehorsam sei, ward verzeihlich. Er rief voll unterdrückten Grimmes mit gedämpfter Stimme durch das Orchester: «Nun, wird's endlich einmal?» Dabei drehte er sich um, die Geigenkünstler zu beobachten, hob den Arm, winkte zum dritten Mal, und die Künstler, voller Erstaunen und wahrhafter Todesangst, arbeiteten zum dritten Mal umsonst. Jetzt erkannte der Kapellmeister die Ohnmacht aller Violinen. Der ganze Hof erhob ein Gelächter. Aber der Fürst, welcher sich auf seine Kapelle viel zugute tat, und damit bei seiner Gemahlin Ehre einlegen wollte, nahm die große Verstummung übel auf, hieß die Kapelle zur Hölle gehen und verließ mit der Fürstin und dem ganzen Hof den Saal.

Es konnte unmöglich lange ein Geheimnis bleiben, warum die brillante Ouvertüre dreimal blind abgefeuert worden sei. Hans Dampf hatte selber die Ursache ausgeplaudert. Vielleicht wäre die zartnervige Fürstin seine dankbare Fürsprecherin geworden; allein sie vernahm ebenso schnell, daß Hans Dampf durch seinen Einfluß der wirkliche Urheber nicht nur der bekatzten Ehren- und Triumphpforten, sondern auch überhaupt des erschrecklichen Katzenlärmens gewesen sei, dessen sie, wie sie versicherte, zeitlebens eingedenk sein würde. Dadurch mußte der Sturz des Ordenskanzlers unvermeidlich werden. Die Fürstin, bei ungnädiger Laune, befahl ihm, den Hof zu meiden; der Fürst, um sich und seiner Gemahlin Genugtuung zu verschaffen, wies ihn sogar aus dem Lande.

Hans Dampf, bei dem sich die Hiobsbotschaften durchkreuzten, kratzte sich hinter den Ohren und seufzte: «Undank ist der Welt Lohn!» packte ein, hüllte sich in seine Tugend und reiste nach Lalenburg ab.

Hans Dampf

Ein großer Mann ist, wenn er auch fällt, groß. Sein Sturz erschüttert ganze Reiche. Als Alexander starb, mußte sein ungeheures Gebiet von den Mündungen der Donau und des Nil bis zum Indus und Ganges unter Strömen Blutes vergehen, und Karls des Großen Weltreich zertrümmerte, als der Schöpfer desselben verschwand. So mußte auch, als der große Hans Dampf gestürzt ward, der Staat von Luchsenstein bis auf die letzte Spur verschwinden, und ein großer Krieg zu Land und zu Meer zwischen Frankreich und England war die Folge vom Rückzuge des Ordenskanzlers, wie sich aus der geheimen Geschichte der Höfe damaliger Zeit sehr leicht und mit Urkunden beweisen läßt, die aber zu lang und zu langweilig wären, hier eingerückt zu werden.

Der Ordenskanzler hatte nämlich kaum die Residenz verlassen, als ein französischer Extrakurier ankam, der sich nach ihm erkundigte, um ein Paket an ihn abzugeben. Diese Erscheinung machte um so größeres Aufsehen, weil das deutsche Reich damals mit Frankreich in großer Spannung war. Fürst Nikodemus ward von der Ankunft des Extrakuriers benachrichtigt, und zugleich äußerten die Feinde des vertriebenen Hans Dampf, dieser möchte wohl in verräterischem Briefwechsel mit der französischen Krone stehen. Nikodemus fand die Sache sehr wahrscheinlich, weil er seinen Hans Dampf in allen Gassen kannte, und gab Befehl, den Extrakurier zu verhaften. Dieser, schon abgereist, ward glücklich eingefangen und zurückgebracht. Er leugnete nicht, mit Hans Dampf bekannt zu sein; aber daß das für denselben mitgebrachte Paket eine Perücke sei nach der neuesten Mode, die der Kurier aus Gefälligkeit für Hans Dampf in einer der größten Hauptstädte gekauft und ihm nun nach Lalenburg gesandt habe, wollte kein Mensch glauben. Es ward also ein Begehren an den Magistrat von Lalenburg geschickt, daß derselbe das für Hans Dampf angekommene Paket übersenden und den Ordenskanzler einstweilen verhaften solle, weil in dem Paket wahrscheinlich Spuren einer großen Verschwörung gegen das heilige römische Reich enthalten sein dürften. Der Magistrat von Lalenburg gehorchte mit großem Eifer, konnte sich aber der Neugier nicht erwehren, die Schachtel zu öffnen, um die Spuren der ungeheuern Verschwörung selbst zu besichtigen. Der Anblick der majestätischen Allongeperücke setzte nun den Witz aller Ratsherren von Lalenburg in Verzweiflung, wie dies zottige Geschöpf mit dem heiligen römischen Reiche in gefährlichen Verbindungen stehen könne? Darüber ward lange beratschlagt.

Der Extrakurier mochte wegen Eile und Wichtigkeit seiner Sendung lärmen, wie er wollte, er mußte warten, bis die Sache ins Reine gebracht war. Man fand bei ihm nichts, als noch ein Paket mit den schönsten Zobel- und Hermelinpelzen, nebst einem Brief an den Aufseher der Garderobe Sr. Majestät des Königs von Frankreich. Aber der König selbst hatte die köstlichen Hermeline und Zobel bestellt, weil sie damals zur neuesten Mode in der Pariser Damenwelt gehörten und er sie seiner Geliebten zum Neujahrstage verheißen hatte. Bisher hatte nur die Gemahlin des englischen Gesandten das Vergnügen, im schönsten Hermelin es dem ganzen Hofe zuvorzutun.

Nun kam der Neujahrstag, aber der Extrakurier nicht. Vergebens setzte der König den Garderobeaufseher in die Bastille und entschuldigte er sich bei der eigensinnigen Geliebten. Diese weinte vor Zorn, da sie am Neujahrstage der stolzen Britin an Pracht nachstehen mußte, und versagte dem Monarchen auch die kleinste Gunst. Der König war in höchster Verzweiflung und erhielt keine Hoffnung auf Begnadigung, bis er versprach, die hochmütige Engländerin aus Frankreich zu entfernen. Schon waren ohnehin im Kabinett die Stimmen geteilt, ob man mit England wegen einiger Ansprüche Krieg anfangen solle oder nicht? Jetzt gab der König den Ausschlag «Krieg»; der englische Gesandte mußte sogleich Paris verlassen, nicht minder die Frau Gesandtin mit dem kostbaren Pelzwerk. Blut ward in Land- und Seeschlachten stromweise vergossen; ein Staat um den andern in den Kampf verflochten; mancher ging dabei ganz zu Grunde, wie zum Beispiel Luchsenstein. Denn da der Extrakurier, nachdem er sich gerechtfertigt hatte, endlich, aber zu spät, nach Paris kam, und die Ursache seiner Verspätung meldete, ward dem Hause Luchsenstein Untergang geschworen, der Schwur erfüllt.

An allen jenen Tränen, Kriegen, Blutströmen und Staatenverwandlungen war nichts Ursache, als der Sturz des großen Hans

Dampf. Wäre er in der Gnade des Fürsten geblieben, hätte er über die Perücke Auskunft geben können, wäre seine Vaterlandsliebe nicht verdächtigt und verleumdet worden: alles würde einen andern Gang genommen haben.

In allen Gassen

Er selbst nahm, wie gesagt, seinen Gang nach Lalenburg. Hier hatte das tausendzüngige Gerücht schon vor seiner Ankunft Kunde von seiner Verungnadigung gegeben. Sogleich nahm der wohlweise Rat den Schattenriß des Ex-Ordenskanzlers aus dem Versammlungssaal hinweg und faßte den Beschluß, künftig keinem Sterblichen bei dessen Lebzeiten mehr den Beinamen des Großen zu geben, oder ihm Denkmale zu errichten, als da sind Obelisken, Bildsäulen, Silhouetten, Pyramiden und dergleichen. Nun wollte kein Lalenburger ihm je geschmeichelt haben; nun desavouierte der Stadtrat alle an denselben ergangenen Deputationen; nun schwur jeder, er habe nie mit ihm in freundschaftlichen Verhältnissen gestanden; nun machte man Schmähschriften und Spottgedichte auf den «ex-großen Mann»; nun hieß ihn jeder den kleinen Mann; ja viele fanden ihn so klein, daß sie sich gar nicht erinnerten, ihn je gekannt zu haben. Hans Dampf mußte wirklich selbst über das kurze Gedächtnis der Lalenburger erstaunen, als er in seiner Vaterstadt ankam und ihn jeder wie einen wildfremden Menschen angaffte, und nichts von ihm wissen wollte. Das schreckte ihn aber nicht, besonders da er bemerkte, daß die Töchter sich seiner noch am besten erinnerten. Da sagte er jeder etwas Süßes und versprach jeder, sie müsse einmal Frau Bürgermeisterin werden, wenn er Bürgermeister würde. Dergleichen vergißt ein Mädchen so leicht nicht. Der Bürgermeisterschaft erwähnte er aber aus dem Grunde, weil der Amtsbürgermeister wenige Tage zuvor des nachts Hals und Bein gebrochen hatte, indem er in einen tiefen Graben gestürzt war, längs dessen Abhang der Magistrat versäumt hatte, statt des verfaulten ein anderes Geländer zu setzen. Der Seligverstorbene hatte selbst kräftig gegen Wiederherstellung des Geländers gesprochen, teils aus Sparsamkeit, teils aus dem Grunde, weil seit Menschengedenken niemand in den Graben gefallen wäre. Ohne Zweifel würde die Bürgermeisterwahl sogleich vor sich gegangen sein, wäre nicht das luchsensteinische Begehren um Verhaftung des Ex-Ordenskanzlers und Auslieferung der staatsverräterischen Perücke dazwischen gekommen. Größerer Sicherheit willen schlug man den armen Hans Dampf in Ketten und Banden und ließ ihn Tag und

Nacht von siebenundfünfzig Männern mit langen Spießen in seinem eigenen Hause bewachen, wo man immer je zwei oder drei vor ein Loch in der Mauer, z. B. Fenster, Türen, sogar Dach- und Kellerlöcher, stellte. Das war ein Einfall des Stadtschreibers Mucker gewesen. Es beschäftigte die gesamte ehrbare Bürgerschaft so sehr, das alles andere darüber vergessen ward.

Inzwischen hatte Fürst Nikodemus sich beim Anschauen der Perücke von der Unschuld des Ex-Ordenskanzlers vollkommen überzeugt. Die alte Zuneigung für denselben war wieder erwacht, und nicht nur sendete er demselben mit einem verbindlichen Schreiben die gewaltige, lockenreiche Kopfhaube zurück, sondern zur Entschädigung für die Gefangenschaft stellte er ihm auch frei, sich eine Gnade auszubitten.

Dies war zu Lalenburg kaum ruchbar geworden, als neuer Aufruhr entstand; denn nun besorgte jeder, Hans Dampf werde sich aus Rache, wo nicht die Zerstörung von ganz Lalenburg, doch Kopf und Kragen derer ausbitten, die ihn so streng behandelt hatten. Die siebenundfünfzig Wächter liefen sogleich mit ihren Spießen davon; dagegen stürmten Schmiede, Schlossermeister, Spengler usw. mit Hämmern, Zangen, Brecheisen herbei, die ersten zu sein, welche die Ketten des Gefangenen lösten; fünfundzwanzig Jungfrauen erklärten ohne Hehl öffentlich, die verlobten Bräute des fürstlichen Günstlings zu sein; Ratsdeputationen erschienen mit Entschuldigungen ihres Verfahrens; das Dekret wegen der großen Männer ward feierlich vernichtet und die Dampfische Silhouette wieder im Ratssaal aufgehängt; und der Stadtschreiber Mucker, kräftig unterstützt vom Stadt- und Platzmajor Knoll, war der erste, welcher, um sich der Huld des großen Mannes zu empfehlen, ihn öffentlich zum Bürgermeistertum in Vorschlag brachte. Der Wankelmut des Volks, das heute Hosianna, morgen Kreuzige ruft, war zu Lalenburg einheimisch wie in allen Zeiten bei allen andern Völkern. Er ist eine Wirkung der Unwissenheit bei den meisten, des Leichtsinns bei vielen, der Selbstsucht und des Eigennutzes da, wo der Sinn des Bessern noch nicht geboren oder schon erstorben ist. In der Republik Lalenburg, muß man gestehen, war weder ein griechisch- noch französisch-leichtsinniges Völkchen daheim, sondern ein altkluger, ehrbarer, steif und langsam denkender Menschenschlag. War die Rede vom Haben, Erwerben, Geldmachen und Rechnen: so mußte man den Lalenburgern nachsagen, sie waren, obgleich unwissend in allen übrigen, sehr klug in diesen Dingen. Eigennutz war also die Haupttriebfeder ihres Wankelmuts, was sonst bei andern zivilisierten Völkern nie der Fall zu sein pflegt, ihres Heldenmuts, ihres Hochmuts, ihres Übermuts, aber auch ihrer Demut und Feigheit. Hans Dampf, der größte Mann seines Jahrhunderts in Lalenburg, weil er die größte Ausnahme von der Lalenburger Regel war, kannte sein Volk und wußte es zu behandeln. Er kannte die Herren des Rates, die in stillen Zeiten dick aufgeblasen, keinem Ochsen aus dem Weg traten und sich für Übernatürlichgeborene hielten, bei der geringsten Besorgnis von Gefahr aber Mücken für Elefanten ansahen, und feig und kriechend auch das Niederträchtigste taten, wenn es sich, wie sie zu sagen pflegten, mit Ehren tun ließ. Er kannte sie und nahm danach seine Maßregeln.

Hans Dampf

Die erste Maßregel war sein breiter und großer Nimrodsorden, den er umhing, als die Ratsglocke zur Bürgermeisterwahl läutete. Er wußte, daß in wohleingerichteten Republiken, wenigstens zu Lalenburg, ein Ende Band im Knopfloch nicht geringere Wirkung mache, als in Monarchien. Ein Mann mit dem Bande konnte zu Lalenburg unmöglich anders als auf dem ersten Platze sitzen, weil man sonst den Fürsten von Luchsenstein zu beleidigen fürchtete. Seine zweite Maßregel war die ungeheure, hundertlockige Allongeperücke, welche wie eine Wolke ihm vom Scheitel herab bis auf Brust und Rücken niederwallte und die Hälfte seiner ansehnlichen Gestalt in Kopf verwandelte.

Als er nun mit wohlabgemessenem Schritte von seinem Hause zur Versammlung des Rates ging, flogen alle Fenster in der Gasse auf, alle geschwätzigen Mäuler verstummend zu, alle Hüte und Mützen ehrfurchtsvoll ab. So außerordentlich war die allgemeine Ehrfurcht, daß keiner der Ratsherren ihm zur Seite zu gehen wagte, sondern in tiefster Höflichkeit immer einen halben Schritt hinter ihm blieb. Auch ward dem Ordensbande, der Staatsperücke und ihm im Ratssaale der vornehmste Platz auf der ersten Bank unter so vielen Zeremonien, Verbeugungen und Kratzfüßen angewiesen, daß von den höflich hinter sich Scharrenden drei Stühle umgeworfen und zwei Ratsgliedern heftig auf die Krähenaugen getreten wurden, was die allgemeine Rührung nicht wenig vermehrte, besonders von Seiten der Getretenen. Auch forderte ihn der stellvertretende Bürgermeister zuerst auf, seine Meinung über die vorzunehmende, wichtige Wahl eines Amtsbürgermeisters vorzutragen.

Nachdem Hans Dampf einige äußerst bescheidene Mienen geschnitten, sich weit herum tief verbeugt hatte, bedauerte er ungemein, daß er in die Verlegenheit gesetzt worden sei, der erste reden zu müssen. Denn ihm fehle es an Kenntnis, Beredsamkeit und Erfahrung; ihm wäre angemessener in dieser Versammlung zu schweigen, zu hören und zu lernen, jeder andere übertreffe ihn in den zu einem würdigen Vortrag gehörigen Erfordernissen und daher verbete er sich die Ehre der ersten Stimme. Die Lalenburger aber überschütteten ihn mit noch größern Lobeserhebungen, fanden an ihm nichts mangelhaft als das Übermaß seiner Bescheidenheit, und nötigten ihn siebenmal zu reden, nachdem er es sechsmal flehentlich abgelehnt hatte. Dies Hin und Herkomplimentieren und dies demutsvolle Zurückweisen einer Ehre, nach der man schnappt, gehörte übrigens in Lalenburg zum bloßen Formenwerk und echt feinen Weltton. Nun setzte sich die Zunge des edeln Hans Dampf in Lauf. Eine halbe Viertelstunde füllte er mit Titulaturen in der Anrede, anderthalb Viertelstunden in Entschuldigungen seiner Unfähigkeit zu reden aus; dann sprach er sehr geläufig von den Tugenden des Seligverstorbenen, dessen Stelle wieder besetzt werden sollte; dann von den Eigenschaften, welche an einer ersten Magistratsperson der Republik nicht fehlen dürfen.

«Herrschen», sagte er, «ist eine große Kunst. Das aber ist die Kunst, daß man nichts verderbe! Denn besser kann man es nicht machen, als der liebe Gott schon alles gemacht hat. Die Uhr geht von selbst, wenn sie aufgezogen ist, darum greif nur nicht in die Räder. Hat der Bauer den Acker einmal besäet, so wird die Saat von selbst aufgehen, wühle er nur nicht vorwitzig wieder im Boden herum. Die Neuerungssucht hat die ältesten Staaten zugrunde gerichtet; wer immer fortläuft, muß endlich einmal ans Ende kommen. Wer nie zu Ende kommen will, bleibe nur stehen. So machten es unsere glorwürdigen Voreltern, o Lalenburger, und so müssen auch wir tun.

«Aller Firlefanz unserer heutigen Staatsklugen und Metaphysiker hilft nichts. Stehen die Throne darum fester? Nein, sie wackeln nur desto ärger. Haltet fest am lieben Alten. Neue Ordnung ist wie neuer Wein, der will Gährung. Alte Ordnung ist wie alter Wein, kräftig, lieblich, klar. Darum ist das Dümmste vom Alten besser, als das Klügste der Neuerer. Wir Menschen bleiben Menschen, und werden trotz aller Mühe nichts anderes, gleich wie die Tiere auch. Die Leute sterben ebensogut, wo studierte Doktoren und große Apotheken sind, als da, wo man weder Doktor noch Apotheker hat. Umgekehrt, dort sterben oft noch mehr, weil Doktor und Apotheker an der natürlichen Ordnung im Menschen bessern und flicken wollen des Geldes willen. Hütet euch vor den Gelehrten. Selig sind die Armen im Geiste. Die sehen in ihrer Einfalt mehr, als die von Weisheit Verblendeten.

«So dachten unsere Vorfahren. Rom und Griechenland gingen unter, Lalenburg steht noch heutigen Tages. Es geht mit den Staaten, wie mit einzelnen Menschen. Kluge Kinder sterben früh. Ein großer Staatsmann läßt es gehen. Alles kommt und macht sich zuletzt doch. Man eile der Natur nicht zuvor. Sie will keine Sprünge. Was heute nicht geschieht, kann morgen geschehen. Ist der Apfel reif, fällt er vom Baum und verlangt nicht, daß ihr zu ihm hinaufklettert. Darum ist es bei uns eine der trefflichsten Staatsmaximen, große Geschäfte an Kommissionen zu weisen, welche die Akten wieder in Zirkulation unter sich setzen, damit sie halb vergessen werden. Halbvergessene Dinge sind wieder neu, und das Neue ergreift man immer mit größerm Eifer, zumal wenn das Neue schon ein alter Freund ist. Zum Schnellsein hilft kein Laufen. Wer am wenigsten tut, hat gewiß am meisten getan. Nur nie zu viel regiert! Wem Gott wohl will, dem gibt er's im Schlaf.

«Die Haupttugend eines Regenten ist, daß er den Gesetzen, auch den schlechtesten, Ehrfurcht zu verschaffen wisse. Wollt ihr, daß man eure Werke ehre, so müsset ihr euch selber beim Volk Respekt zu machen wissen. Daher die Notwendigkeit äußerlichen Ansehens, Glanzes, Pompes bei Königen, Kaisern und andern Fürsten und Staatsmännern. Eine ernste, weise Geberde ist in Republiken wichtiger, als die Weisheit selbst, und eine gute Perücke dem gemeinen Wesen oft ersprießlicher, als ein guter Kopf. Daher zu Lalenburg ein Staatsgrundgesetz seit undenklichen Zeiten: Konsuln und Stadtschreiber sollen Perücken tragen. Das Kleid macht den Mann!

«Das wirksamste Zaubermittel in freien Staaten ist die Heimlichkeit oder das Geheimnisvolle. Damit erwirbt man sich selbst große Bedeutung, dem Amte Achtung, dem Staate Ehre. Ein kluger Staatsmann muß immer Kopf und Herz von Geheimnissen voll, oder doch das Ansehen von dergleichen haben, gleichwie auch ein Eimer darum noch nicht zusammenfällt, wenn er ausgeleert ist. Es schadet gar nichts, wenn man auch im Vertrauen alles erzählt, sobald man nur die Miene hat, das Beste noch zurückbehalten zu haben. Darum besteht Lalenburg immer glänzend, weil wir alle Meister in dieser Kunst sind.

«Das Reden und Plaudern mag man im Ratssaal bei Staatsgeheimnissen allerdings erlauben, doch nicht das Druckenlassen. Gott hat den Mund des Menschen geschaffen, aber nicht die Buchdruckerpresse. Nichts Gefährlicheres für unser Ansehen, als dies heillose Werkzeug, welches der ganzen Welt zur Schau stellt, was wir sind und tun und was wir nicht sind und nicht tun. Kluge Fürsten haben sich schon den Kopf über Zensurgesetze zerbrochen; wir machen es noch klüger und verbieten in unserer Republik den Druck aller Bücher und Zeitungen mit Ausnahme der Gebet- und Gesangbücher und Neujahrswünsche, oder Hochzeits- und anderer Gelegenheitsgedichte. Es ist nun zwar leider wahr, je strenger wir gegen die gottlose Publizität sind, desto größer wird damit der Unfug im Auslande getrieben; und je weniger wir durch den Druck von uns bekannt werden lassen, weil wir zu bescheiden sind, desto mehr schreibt und druckt man von unsern löblichen Lalenburgereien in der Fremde. Doch was wir nicht hindern können, wollen wir geschehen lassen. Wir spielen dagegen den Herren den Possen und lesen ihr Zeug nicht; dann sind wir bei uns selbst wieder in Ehren. Denn was ich nicht weiß, macht mich nicht heiß.»

In diesem Tone sprach Hans Dampf noch lange. Die Leute, weil sie das alles schon auswendig wußten, gähnten eins ums andere, daß ihnen die Augen übergingen; sobald sie aber an die Reihe zum Reden kamen, waren sie unerschöpflich in Lobeserhebungen des großen Mannes, der zuerst gesprochen, rühmten seine tiefen Einsichten und fügten dazu die ganz bescheidene Bemerkung: er habe ihnen ganz aus der Seele geredet und alles, was sie hätten selber sagen wollen, vorweggenommen.

In allen Gassen

Und am gleichen Tage ward Hans Dampf zum Konsul der Republik erkoren und ausgerufen. Er beschwor den ganzen Rat mit Tränen, diese Wahl zurückzunehmen und einen Würdigern auszulesen. Allein darauf achtete keiner, denn jedermann wußte, daß diese Tränen und dieses demutsvolle Sträuben zum altertümlichen Zeremoniell der Gewählten gehörten.

Nun erst begann die glänzendste Epoche im Leben des großen Hans Dampf, oder vielmehr, wie ihn schon die Zeitgenossen zu nennen beliebten, Hans Dampf in allen Gassen. Denn er ward die Seele von ganz Lalenburg; steckte überall; kam überall in die Quere; verzettelte und entzettelte alles links und rechts, ohne es zu wissen oder zu wollen. Wo man liebte, war Hans Dampf; wo man zankte, war Hans Dampf; wo etwas schief ging, war Hans Dampf; wo ein Geheimnis zu aller Welt Wissen kam, war Hans Dampf der erste Helfer.

Gleich den Tag nach der Wahl ward er an fünfundzwanzig Orten zu seinem Viertelhundert Bräuten zu Gaste geladen; ward er – – doch der Geschichtschreiber erschrickt nun selbst vor dem riesenhaften Unternehmen, der Plutarch dieses Helden zu sein. Der Leser erlaube dem Plutarch wenigstens einmal frischen Atem zu schöpfen, um nachher desto kräftiger fortfahren zu können.

Über tredition

Eigenes Buch veröffentlichen

tredition wurde 2006 in Hamburg gegründet und hat seither mehrere tausend Buchtitel veröffentlicht. Autoren veröffentlichen in wenigen leichten Schritten gedruckte Bücher, e-Books und audioBooks. tredition hat das Ziel, die beste und fairste Veröffentlichungsmöglichkeit für Autoren zu bieten.

tredition wurde mit der Erkenntnis gegründet, dass nur etwa jedes 200. bei Verlagen eingereichte Manuskript veröffentlicht wird. Dabei hat jedes Buch seinen Markt, also seine Leser. tredition sorgt dafür, dass für jedes Buch die Leserschaft auch erreicht wird.

Im einzigartigen Literatur-Netzwerk von tredition bieten zahlreiche Literatur-Partner (das sind Lektoren, Übersetzer, Hörbuchsprecher und Illustratoren) ihre Dienstleistung an, um Manuskripte zu verbessern oder die Vielfalt zu erhöhen. Autoren vereinbaren direkt mit den Literatur-Partnern die Konditionen ihrer Zusammenarbeit und partizipieren gemeinsam am Erfolg des Buches.

Das gesamte Verlagsprogramm von tredition ist bei allen stationären Buchhandlungen und Online-Buchhändlern wie z. B. Amazon erhältlich. e-Books stehen bei den führenden Online-Portalen (z. B. iBookstore von Apple oder Kindle von Amazon) zum Verkauf.

Einfach leicht ein Buch veröffentlichen: **www.tredition.de**

Eigene Buchreihe oder eigenen Verlag gründen

Seit 2009 bietet tredition sein Verlagskonzept auch als sogenanntes "White-Label" an. Das bedeutet, dass andere Unternehmen, Institutionen und Personen risikofrei und unkompliziert selbst zum Herausgeber von Büchern und Buchreihen unter eigener Marke werden können. tredition übernimmt dabei das komplette Herstellungs- und Distributionsrisiko.

Zahlreiche Zeitschriften-, Zeitungs- und Buchverlage, Universitäten, Forschungseinrichtungen, u.v.m. nutzen diese Dienstleistung von tredition, um unter eigener Marke ohne Risiko Bücher zu verlegen.

Alle Informationen im Internet: **www.tredition.de/Buchverlage**

tredition wurde mit mehreren Innovationspreisen ausgezeichnet, u. a. mit dem Webfuture Award und dem Innovationspreis der Buch-Digitale.

tredition ist Mitglied im Börsenverein des Deutschen Buchhandels.

Das komplette Archiv auf DVD

Die Gutenberg-DE Edition DVD enthält das komplette Archiv Gutenberg-DE als Offline-Version auf DVD. Die DVD ist im Internet erhältlich auf **http://gutenbergshop.abc.de**